高手詞彙必修課

70個贏得話語權，打造文字亮點的強力詞彙使用法

宋淑熹——著
陳品芳——譯

「一句話由用於其中的語言所決定。」

——尤利烏斯・凱撒

「雖明白語言不能撼動山岳，但仍能撼動許多事物。語言由思考形成，會刺激感情、誘發行動。具有令人死而復生、使人墮落、治癒他人的能力。歷史上聖職人員、預言家、知識分子等能言善道者，比軍隊指揮官、政治家、事業家更能扮演決定性的角色。」

——提姆・大衛《打動人心的七個關鍵字》

換個詞，大不同

美國前總統川普總習慣用粗魯的握手壓制對方的氣焰，這也是他出名的原因之一。也因此國家元首之間的相會，總是在這種不太友好的氣氛下展開。不過與南韓總統文在寅見面時，他卻笑得十分開懷，這都是多虧了文在寅總統的一句話：

「令人髮指（deplorable）。」

「令人髮指」這個詞本身具備很多意義，當時是用來批評北韓挑釁的行為，但對川普來說卻十分新鮮。一方面也是因為美國總統選舉時，另一位候選人希拉蕊曾形容川普的支持者當中，有一半以上是「令人髮指的集合」，後來希拉蕊也因此被敵對陣營挖苦。

因此聽到文在寅說出「令人髮指」，川普便高興地回說「我並沒有拜託他用這個詞。但這個詞對我和數百萬人來說，是幸運的象徵。」而這場原本有眾多分歧、氣氛僵持不下的國家元首會面，單憑這一個詞彙的力量，就讓場面瞬間軟化了下來。

世界最大鋼鐵製造商之一，浦項鋼鐵的人資部門收到許多應徵面試的信件，對朴組長來說，一一點開、瀏覽這些信件既是工作也是壓力。這時，一個帳號引起了他的注意：

「與浦項製鐵同在（withposco）」

還有什麼方法比這更能表達對應徵企業的熱愛與關注？有時一百句話的力量，甚至敵不過一個詞彙，這也讓朴組長自然更用心閱讀「與浦項製鐵同在」的信件內容。

農林畜產食品部公告「從兩處蛋雞場驗出芬普尼殺蟲劑」。消息發布後，不安立即擴散了開來，這一切都是肇因於一個詞：

「殺蟲劑雞蛋」

人們聽到這個詞之後就開始忐忑不安，懷疑自己先前吃過的雞蛋是否參雜了殺蟲劑。食品安全處長也因此遭到國務總理斥責，但他卻相當不耐煩地回應此事，還讓自己差點因此丟了官位。

事實上歐洲也發生過類似事件，但並沒有引起太大騷動，而是平安讓整件事落幕。原因在於歐洲並沒有使用「殺蟲劑雞蛋」這樣駭人聽聞的詞，而是在發布消息時，以「遭到殺蟲劑汙染的雞蛋」來為整起事件做出準確定義。實在沒有想到，一個詞彙造成的差異竟如此之大。

「90%的英國人都有納稅。」

英國國稅局處心積慮地想要解決根深蒂固的欠稅問題，於是在繳稅通知單上加了這幾個字，沒想到收到的稅金竟比前一年多了八兆元。

「乾燥玫瑰」

某化妝品品牌將旗下的唇膏色號名稱從「紅磚色」改為「乾燥玫瑰色」，銷量竟整整暴增了十五倍之多，而且他們並沒有為此做額外的宣傳或行銷。

話說回來，在選舉中也曾發生只是換了個說法，就讓投票率提升10%的例子。當時，其實只是稍微修改了鼓勵投票的文宣內容而已：

「明天是選舉日，您知道您的一票有多重要嗎？」

↓「明天是選舉日，成為選民對您來說有多重要？」

世上最成功的投資者華倫・巴菲特，成為《富比世》雜誌創刊一百周年紀念號的封面人物。巴菲特從來不會選擇使用任何一個負面詞彙。他表示，說話或書寫的內容不僅要讓客戶滿意，更要嘗試讓客戶感到喜悅。

位於首爾江南的某清潔業者說明，將清潔「抹布」改稱為「毛巾」之後，顧客的反應就變得更好了。

你相信嗎？上述的內容可以得出以下總結：一個詞彙的差異，可以解決外交問題、讓政府官員丟掉官位，也可以讓人一下子獲得公權力；能夠令全國上下人心惶惶、影響銷售額、提升投票率，能夠使國家收到更多稅金，也能令事業大獲成功。本書將介紹上述範例所提到的詞彙使用技巧，讓各位也能應用於日常生活中。

你不擅長寫報告、寫電子郵件嗎？你的部落格、臉書連個客套的留言都沒有嗎？朋友或另一半總是不聽你說話嗎？如果你的文章有問題，那很可能只是你使用的詞彙有問題；如果你的話別人都聽不太進去，那也只是因為你使用的詞彙有問題。只要熟悉擄獲人心的詞彙使用法，就能大幅減少因不善表達而搞砸工作、感情或日常生活的情況。

寫作取決於如何運用詞彙，說話也取決於如何運用詞彙。

只要仔細閱讀本書，就能夠了解詞彙是如何發揮效用，以及文字和語言誕生的原理與規則，並能以不同的角度看待詞彙。只要能以不同的角度看待詞彙，就能開始用不同的方式使用詞彙。為這樣的改變做出小小的貢獻，就是本書的宗旨。

為什麼我說的話都沒人要聽？

為什麼我寫的文章都行不通？

如果你的生活充斥著上述煩惱，我想借用幫助美國前總統柯林頓入主白宮的「問題在經濟啊，笨蛋！」這一句話來跟你說：

「問題在詞彙啊，笨蛋！」

宋淑熹

序 換個詞，大不同 005

1 小詞彙的大效用
選對一個詞彙的力量
017

在言語即商業的時代，為你說的話加亮點 019
拯救爛句子的詞彙之力 024
最少詞彙的最大效果法則 028
搶先佔有詞彙的人是贏家 032
選對一個詞彙的力量 036

2 用詞彙深入人心
頻率詞彙使用法
039

特別能深入人心的詞彙 041
配合對方的自私頻率 046
禁止誘發思考的「單刀直入」詞彙 050
聽到當下就會集中注意力的詞彙 053
暱稱，為名字增添趣味的詞彙 057
讓陌生的他人成為「我們」的夥伴 061
「一句話」深入腦海的秘密 064
讓消失的主詞復活 068
使用「對方想聽的詞彙」 071

打開對方心中金庫的秘密鑰匙 075
賣吸塵器給男人的方法 079
如何讓討厭的話聽起來不討厭 083

3 忍不住讀下去！溜滑梯詞彙使用法

087
丟出「陷阱詞彙」釣出對方的想法 089
讓人敞開心房的「情感詞彙」 092
撼動人心的「人感智慧詞彙」 096
引發點擊的「溜滑梯詞彙」 100
將缺點轉為賣點的奇蹟 104
用一個詞彙打出逆轉勝 109
如何將數百句話濃縮成一個詞彙 113
喚醒歸屬感的「名詞型詞彙」 118
直達大腦的「捷徑詞彙」 122
看似另有隱情的「故事詞彙」 127
刺激迫切心情的「生計詞彙」 132
瞬間抓住視線的奇特詞彙串聯 138
讓人主動掏錢的詞彙排列魔法 142
詞彙唯有團結才能生存 146

4 見我所見，聽我所聞

聽覺詞彙使用法

151

用五感的生動錯覺搔弄人心 153
讓「大腦」喜歡的詞彙 156
讓人食指大動的「味覺詞彙」 160
用「配料型」詞彙刺激大腦感受 164
琅琅上口就能擄獲人心 168
加上數字，讓詞彙更俐落 172
傳達「語感」的助詞，「以一擋百」的標點符號 178
如初戀般難忘的「初戀詞彙」 184
轉個彎，決定「噗哧一笑」或「恍然大悟」 188
使用熱騰騰剛出爐的詞彙 192
改變詞彙順序就能改變第一印象 196
貴賓放最後，貴重詞彙擺第一 199
為句子注入活力的「動態動詞」 204
詞彙也有顏色之分 208

5 一個詞彙就夠了
以一擋百的詞彙使用法
211

聽過一次就上鉤的「扳機詞彙」 213
以刺激傳達訊息的「感染力詞彙」 218
為句子注入活力的「力量詞彙」 222
文案高手愛用的詞彙 228
讓長文變得不煩人的「導引詞彙」 232
説明的詞彙，説服的詞彙 236
多功能的「以一擋百」詞彙 240
全球最佳行銷專家票選「最暢銷詞彙」 245
詞窮時就借用一下吧 248
與上百句話勢均力敵的一個詞彙 253

6 光是「詞彙」就討人厭
烏龍詞彙使用法
257

讓人停止閱讀的「煞車詞彙」 259
令大腦產生錯覺的「烏龍詞彙」 262
拜託別想起大象 267
絕對禁止的「蠻橫詞彙」 271
強力推薦的「善良詞彙」 276
自我介紹裡最討人厭的「反感詞彙」 281

過度親切會趕跑上門的客人 285
討厭的東西光是「詞彙」就討人厭 289

7 你也能成為詞彙高手
輕鬆實踐的用詞習慣
293
培養對詞彙的感受力 295
「抄寫」的力量 298
如何鍛鍊詞彙肌肉 301
抄寫後練習改寫 304
正確的文法能養活你 308
專屬秘密武器：「小抄」 314
後記 選詞要用心 318

第1章

小詞彙的大效用

選對一個詞彙的力量

「有力量的文字總是簡潔，句子不應有多餘的詞彙，段落不應有多餘的句子，所有詞彙都應簡潔有力地為自己發聲。」

——威廉・史壯克，康乃爾大學教授

在言語即商業的時代，為你說的話加亮點

有間專賣韓式豬腳與生菜包肉的餐廳，即使店裡最後一位客人用完餐離開，老闆的每日工作也還沒結束，因為他還有「回覆網路留言」這項工作必須完成。

近來有許多客人會透過外送APP點餐，店家必須一一回覆留言，才能讓客人感到滿意；而且還必須配合留言內容回覆，否則就會被批評敷衍。要是負評變多，收入就會減少。在美食部落格上找出顧客的文章或留言，並加以回覆，對一位餐廳老闆來說也是重要的例行公事。

為何餐廳老闆必須這樣努力「加班」呢？這正是因為這項工作，與餐廳的業績有著直接的關聯。根據知名外送APP所發表的銷售數據分析，擅長用親切文字和顧客進行對

話的店家，能取得更好的銷售成績。

「我們帶了一份禮物前來拜訪宋小姐，不巧您正好外出。沒能親送給您相當可惜，但還是將禮物留在您的門前。希望在您結束疲憊的一天返家後，這份禮物能夠讓您的疲憊一掃而空。今天也辛苦您了。◯◯電視購物黃◯◯上。」

這是我外出時來訪的配送員留下的簡訊。我讀完這封簡訊後噗哧地笑了出來，因為這封簡訊雖然十分有禮，卻也充斥著疲憊感。這讓我決定下次遇到配送員時，一定要拿罐飲料請他喝。當然，我知道這是宅配公司事先寫好的範例，不過選擇合適的預設範例、使用時機等都是配送員的工作。

上班族朴先生參加了國防部舉辦的「兵役名家」選拔，從中脫穎而出並獲得總統表揚。他得意洋洋地說，會獲選是因為自己的申請事由寫得很好。他也提及自己常用 Airbnb 解決旅遊住宿問題，自我介紹寫得夠好，能夠幫助自己順利找到理想住宿。這種總能吸引屋主的寫作功力，令他自豪不已。

所有的商業行為都靠「語言」

如今，日常生活的任何領域都需要寫作。無論從事什麼工作、面對什麼樣的人，任何一項業務都很看重寫作能力。美國知名軟體公司 37signals 的創辦人傑森・弗萊德（Jason Fried）也說過：

「既然要花錢請人，那就聘請最好的作家吧。不管是行銷、銷售、設計，還是寫程式，每一種職缺都能運用寫作的技巧。能把文章寫得簡潔明快的人，肯定也具備清晰的思考能力、溝通能力和同理能力，也擁有刪除多餘事物的編輯能力。」

從這段話中，我們就能夠看出企業家為何偏好擅長寫作的人，以及企業家偏好什麼樣的能力。

總歸來說，現在是個「語言商務」時代。比起商品或服務本身，附加於其上的「故事價值」更為暢銷。在當前高速的知識社會中，如何創造、表達、推廣自己的想法是核心所在，而寫作正是能有效達到此一目的的媒介，因此寫作能力也越來越重要。

在過去，只有執行特定業務的少數人被要求必須具備寫作和說話的能力；但短短數年之間，隨著網路的發展如蛛網般串連起整個世界，我們的工作與生活無一處不需要寫作，「工作即寫作」的時代已經來臨。

拜社群平臺崛起之賜，每個人隨時隨地都在不斷寫作和閱讀。那麼為什麼在表達同樣的意思時，有些話就行得通，有些話卻行不通呢？為什麼內容相似的文章有些大受歡迎，有些卻乏人問津呢？

Tips

寫作似乎正逐漸成為全民的興趣。無論是誰、基於什麼理由，都時常坐在電腦前、拿著手機或在記事本上寫東寫西。相較於對寫作的熱愛，人們卻十分抗拒閱讀，所以首先我們得深入了解文章的受眾——也就是讀者。

近年來讀者不愛閱讀，只是喜歡用螢幕「看」。即使是看新聞報導，也只會花個一兩分鐘，在網路上一次最多只能專注十五秒。他們不會靜靜坐著專注閱讀，只會一眼掃過視線所及之處，更不會從頭讀到尾。從標題到內文，讀者只會選幾個映入自己眼簾的詞彙來讀，於是我們就更需要一個像圈套一樣的詞彙，來引發讀者的關注與興趣。

拯救爛句子的詞彙之力

我會協助在工作上因寫作遭遇困難的人尋找並解決問題，他們的抱怨大致如下：

「我的文章讀起來很平淡，很無趣。」

「寫是寫了，但我不好意思給別人看。」

「我的意思不是那樣，但為什麼寫出來就變成那樣？」

「讀過的人都不覺得有趣。」

無論抱怨的內容是什麼，重點結論如出一轍：

「所以我實在不擅長寫作。」

就我看來，他們並非不擅長寫作，而是寫作時使用的詞彙有問題。即使是相同意思，也會因為選擇的詞彙不同，而在表達上產生巨大差異。有些人的訴求淺顯易懂，卻能引起截然不同的反應，這都是因為他們選擇詞彙的技巧出類拔萃。

也因此寫作真正的問題，並不是不擅長寫作，而是選擇了錯誤的詞彙。

寫作是詞彙的工作

為了解決人們對寫作的茫然與困難，我的秘訣就是試著讓他們更換文章中的詞彙。我會對他們唸這句咒語：

「來，試著把這些詞彙替換成別的詞。」

神奇的是，在這樣做之後，文章往往就會變得更簡潔。光是替換一個詞彙，就能讓內容變得簡單明瞭，成為一篇能讓受眾做出理想反應的好文章。

寫作完全不是件難事。所謂的寫作，其實就是將合適的詞彙加以組合，用來表達自己心中的想法。只要先寫下想要表達的內容，再一一替換詞彙以精準描述感受，曾經讓你卡關的寫作，很快就會變得易如反掌。

「像樣的國家，做好準備的總統」

強烈的訊息都是這樣簡短有力，只會用到幾個詞彙，而且還是日常生活中經常接觸到的詞，所以其實人人都寫得出來。

我敢肯定，如果你有寫作上的問題，那絕對是你使用的詞彙造成問題。選詞的眼光與懂得適時使用的品味，左右了你的文章品質。只要精準掌握問題，就能迅速解決，這正是我決定寫下這本書的原因。如果你無論怎麼做，都無法讓寫作功力更上一層樓，這本書將能成為你的最終武器。

Tips

很多人認為會寫字就等於會寫作，但其實寫作是一個反覆思考、書寫和修改的漫長旅程。如果以為只要下定決心，就能夠一次把文章寫到位，反而會拖累了寫作。而越是這樣想的人，就越會想一步到位地創造出有如小說家、文案寫手般的成果。

不過寫作的本質是「思考」，前提是要先有想用文字表達的想法。這樣一來，寫作便會完全變成詞彙的工作——決定什麼樣的詞彙適合用來表達自己的想法、檢視自己選擇的詞彙是否能好好傳達腦海中的想法——這幾乎可以說是寫作的一切。所以寫作，其實就是詞彙的工作。

最少詞彙的最大效果法則

目前中國的金融科技市場規模超過一兆美元。短短兩年間，透過網路進行的個人交易量就成長了兩百六十倍之多。有個急速運作的力量推動著這巨大的金融科技市場，他們被稱作「第一黑幫」。這群人是出身美國第一資本金融公司（Capital One）的菁英，他們正是透過社群平臺交換資訊，也就是透過我們熟悉的「群組」，以社群常見的短文傳遞訊息，以操控中國的金融科技市場。

社群時代的溝通無論金額大小、事情重要與否、訊息緊急與否，「微」都是主流。所謂的「微」，是指簡潔有力的溝通方式。在這個「微」時代，只有「微」訊息能行得通，也就是只需要長則兩句話、短則一個詞就能表達的訊息。

以簡潔為訴求的微訊息，必須用最少的詞彙傳達最多的訊息，於是詞彙便成了微訊息的主角。選擇怎樣的詞、以怎樣的方式組合，左右了微時代的溝通成敗。

行動時代「微訊息」的力量

「跳芭蕾就能擁有腹肌。」

知名芭蕾舞者徐姬簡短地表示，跳芭蕾有這樣的好處。這類的簡短文字就像剛好能一口吃的美食，媒體稱之為「聲刺（soundbite）」，也正是標題所說的「微訊息」。那麼，我們該如何創造微訊息呢？

首先，我們應該將想表達的想法寫成文字，接著再整理成句子。在這個階段，你不需要先思考文句是否通順，順著想法寫出來的句子當然未經修飾。接著才是一一修整這些句子，這樣一來，原本平淡無奇的句子很快會變得有說服力。

接著應該以能準確傳達訊息的詞彙為主，重新整頓句子。刪除不必要的詞彙，並用更簡單明確的詞彙取代意思模糊的詞彙。如果詞彙擺放的位置會模糊句子所要表達的意思，就需要調整排列。經過上述步驟後，即使是普通的句子，也能傳達有一定價值的訊息。

用最少詞彙傳達最多資訊的微訊息，在智慧型手機與網路環境中可以發揮最大的影響力。在依排序滑過的小小畫面中，要能夠傳達訊息，就必須用更少的詞彙，表達出更多的資訊。

了解箇中緣由後，便能理解為何寫作終究是詞彙的工作。在此要再次強調，寫作就是找到正確的詞彙，並以適當的方式排列。

Tips

對於「文章要寫多久？」這個問題，海明威是這樣回答的：

「這要視狀況而定。寫《戰地春夢》時，最後一頁我寫了三十九次。」

「難道有什麼技術上的問題，讓您不得不寫這麼多次嗎？」提問者問道。

「我是為了找出最正確的用詞。」海明威如此回答。

當一個人腦海中浮現想法時，不擅長寫作的人會驚慌失措地想拼命尋找合適的詞彙，而稍微會寫文章的人，則會先把想法寫出來，然後再一一修改成合適的用詞。就像木匠工作時會帶著工具一樣，寫作時唯一需要的工具就是詞彙。

搶先佔有詞彙的人是贏家

「不要干涉我的子宮。」

「胎兒也是生命，墮胎等同殺人行為。」

青瓦台網站上出現廢除墮胎法的國民請願，以此為契機，國內展開了許多支持正反兩派不同意見的示威。因墮胎而產生的對峙，也是美國社會長久以來的價值觀衝突之一。認為必須允許墮胎的一方，使用的是這樣的詞彙：

「pro-choice」（選擇優先）

認為不應允許墮胎的一方，則使用這樣的詞彙：

「pro-life」（生命優先）

一方選擇主張「生命」權利的詞彙，另一方使用主張女性「選擇」權利的詞彙，建立起對於胎兒生命權還是女性自主權，任何一方都毫不退讓的堅實架構，而這就是一個詞彙的力量。一個詞彙能做到許多事情。

詞彙就是權力

各位知道每當政權輪替後，最先改變的是什麼嗎？答案就是用詞。更動政府部門的名稱，是新政權的第一個任務。因為不可能舊政權的舊瓶，來裝新政權的新酒。這時，詞彙就成了象徵新政權架構的標準。

「商工部→動力資源部→商工資源部→通商產業部→知識經濟部」

早早洞察「政治力即語言力」的政治人物，會費盡力氣想用一個詞彙支配大眾的想法，這都是為了掌握特定的話語權——或是不讓對方掌握話語權。

「免錢飯」

共同民主黨的總統提名黨內初選時，李在明候選人便曾提出無償供餐的福利政策，而他的對手安熙正候選人則用「免錢飯」來批評這項政策。

你認為李在明候選人會以「無償供餐不是免錢飯」來反駁嗎？事實上，他如果這麼說，就是中了安熙正候選人「無償供餐＝免錢飯」的圈套。李在明候選人最後選擇如此回應：「一個先進國家，至少要讓孩子不必看他人的臉色吃飯。」

「看臉色吃飯」

一個詞瞬間深植人心。這時若不假思索地接受對方的用詞，讓對方的用詞進入自己的腦海，那這場遊戲就是對方獲勝了。所以請不要被對方的用詞動搖，因為這樣就像是跑到對方的主場，展開一場對自己不利的競賽一樣。

Tips

如果已經先被對方用一個詞掌控整個狀況，那接下來的策略如下：

1. 絕對不要提及對方使用的詞彙。
2. 儘可能快速創造新的詞彙，覆蓋對方的用詞。

選對一個詞彙的力量

汽車愛好者在買車時，都會注意馬力與扭力。馬力與車子的最高速度有關，扭力則代表瞬間加速度能多快，也就是象徵爆發力。由於在一般道路上幾乎不可能開出最高速，所以扭力就會成為最終關鍵。據說扭力越高，爆發力就越強，車子開起來就越輕鬆。

近來人們都倚靠手中的智慧型手機溝通，比起需要認真閱讀的長文，那些一瞬間就能讀完、掌握資訊的微訊息才是溝通的王道。微訊息的生命也是由扭力（爆發力）決定，爆發力則由運用詞彙的技巧決定。重點在於可以用多快的速度、多輕易地用一兩個詞彙傳達訊息。這時的關鍵在於：選擇的詞彙有多正確、訊息內是否有不必要的詞彙、每個詞彙是否都能確實發揮功能。

網路與智慧型手機瞬間改變大眾閱讀的模式，人們不會把時間浪費在沒興趣的事情上。如果想刺激這些人，該怎麼做呢？面對這些用眼睛掃過資訊，手指不停動作的大眾，唯一能擄獲他們視線的方法，既不是長篇文章也不是短文段落，而是詞彙。

寫作就像樂高

即使不考慮時代的變遷，說話與寫作的精髓本就是配合要傳達的內容，選擇並正確排列適當的用詞。如同凱撒所說，人所說的每一句話都是由用於其中的詞彙決定。事實上，比起自己的想法，人類其實更容易受到詞彙的影響。選擇適當的詞彙，能讓你的話語更引人矚目、更有魅力、更有自信，也讓人更信任你。

如果寫作的一切，就是在訊息中選擇正確用詞，並進行恰當的排列組合，那麼寫作其實就像是樂高遊戲一樣。如同將每一塊積木組合起來，創造出理想的成果，寫作也是將詞彙組合起來，進而創造出訊息。

Tips

電臺脫口秀主持人詢問暢銷作家史蒂芬．金該如何寫作，他如此回答：

「一次只寫一個詞。」

沒錯，無論是文字簡訊、一篇報告或是一齣時代劇，所有的寫作都是透過一個個詞彙聚集而成。將想法變成詞彙，再將詞彙串聯成句子，仔細閱讀這些句子並替換、刪除詞彙，就是寫作的整個過程。

所謂寫作，是將腦海中的想法與經驗摘採成筆記與資料，再讓這些資訊彼此相遇、串連，與新的想法和感受融合、攪拌，再將成品盛裝在名為詞彙的碗裡，端到別人面前。在構思與書寫文章的階段，也就是到達寫作的階段時，選擇、排列代表並傳達個人想法的詞彙技巧，也就越發重要。

第2章

用詞彙深入人心

頻率詞彙使用法

「有效進入消費者記憶的最佳方法，就是詞彙必須單純。」

——艾爾・賴茲、傑克・屈特《銷量暴漲的原理》

特別能深入人心的詞彙

一天，韋伯斯特夫人發現自己的先生正和一名女僕接吻，目睹現場的她叫了出來：

「你嚇到了吧！」

面對夫人的反應，韋伯斯特先生用這種方式回應：

「不，老婆，我才驚訝，妳應該很吃驚吧。」

這位正是韋伯字典（Webster's Dictionary）的編纂人，他後來還留下這樣一句話：

「即使分毫不留地搶走某些人的財產，但只要他還擁有語言，那麼他就能夠奪回自己失去的所有財產。」

站在讀者的立場思考

科學傳播者理查．道金斯被認為是全世界最具影響力的人，他十分擅長面向大眾的寫作。他的《上帝錯覺》、《自私的基因》等著作，幾乎都是全球暢銷書籍，這就是最好的證明。這樣的一個人，自然經常被問到寫作的秘訣，而他總是這樣回答：

「站在讀者的立場思考。」

他也另外補充說明，要站在讀者的立場思考，就需要理解他人想法的共感能力，而這並非易事。

哈佛大學心理學教授史蒂芬．平克強調，共感的困難是源自於「知識的詛咒」。他表示，「無法寫出好文章的第一個原因，是因為『知識的詛咒』，也就是無法理解別人可能不知道自己所知道的事情。」

芭芭拉・貝伊教授在哈佛神學院與劍橋大學終身教育院有三十餘年寫作指導經驗，她觀察到把文章寫好的秘訣：「優秀的作家之所以優秀，不單純因為他們懂得巧妙地將文字梳理得更加優雅。他們之所以優秀，是因為他們有話想說，且懂得以這些話為基礎，與讀者建立適度的關係。」

寫作是從思考「要對讀者」說什麼話開始，並結束在「讓讀者產生」與你預期、期待相符的反應。如果要寫報告，閱讀報告的主管就是讀者；若要掛起宣傳新店開幕的布旗，顧客就是讀者；若要在學生的學習歷程檔案上寫評語，那會閱讀這段文字的面試老師就是讀者。無論是通訊軟體、文字簡訊、網路留言還是電子郵件，不管在任何地方寫文章，會閱讀到該段文字的人就會是讀者。

想著讀者、思考讀者會理解、會喜歡、讀者主要使用的詞彙，並將這些以讀者容易理解的方式排列，這段文字對讀者來說就會值得一讀。也因此，詞彙的使用方法與方式，都要以讀者為準。即使是精心挑選過的詞彙，如果無法對讀者產生影響，或詞彙呈現出的是截然不同的意圖，就無法讓讀者做出理想的反應。

與讀者對上頻率的方法

如同書寫者必須選擇詞彙，讀者也有自己使用詞彙的方式。據說每個人一天用到的詞彙，大約落在一萬六千多個。詞彙是承載、傳遞訊息的工具，也是用於表達話者意圖的簡單裝置。人會習慣性地選擇自己喜歡的詞彙，有些人會在詞彙中留下自己的痕跡，所以詞彙其實就是思考的指紋，記錄一個人做了什麼樣的思考。也因此，只要檢視對方常用的詞彙，就有可能理解他是個怎樣的人。

德州大學心理學系教授詹姆斯・潘尼貝克認為：「詞彙是能看出一個人的想法、情緒、動機、社會關係的強力工具。」那麼，什麼秘訣能幫助我們使用對讀者有影響力的詞彙呢？首先，我們需要觀察讀者使用詞彙的習慣。觀察讀者主要使用哪些詞、不用哪些詞。簡單來說，就是洞察讀者使用的詞彙，以及該詞彙所象徵的意義，然後再用你自己的詞彙去對上那個頻率。

Tips

「人類是自私的，會為滿足一己之私而做出合理的行為。」

這句話是「行為經濟學之父」、諾貝爾經濟學獎得主丹尼爾．康納曼的主張。在這之前的一七七六年，亞當．斯密曾在自己的著作《國富論》中提到：「並不是因為肉舖、釀造廠以及麵包店老闆的慈悲之心，我們才有晚餐能吃。只是因為他們關注自身利益，所以我們才不致於挨餓。」

我們的讀者也一樣。近來讀者都懶得閱讀，閱讀時肯定是為了特定的利益。請不要費心寫好文章，畢竟只要你的文章裡有對讀者有益的資訊，讀者就會自己去找來讀。

配合對方的自私頻率

某家加盟店眾多的連鎖美容院寄來一封郵件，內容如下：

「敝店為降低臭氧排放量，使用能保持大氣清淨的美容產品。」

看來似乎是要強調他們是一間注重環保的企業。不過近來有哪間公司不注重環保？於是許多人嗤之以鼻地表示「那又怎樣？」不如我們試著改變幾個詞彙如何？

「敝店使用減少臭氧排放，同時能避免毛髮過度乾燥的產品。」

使用特定技術、材料時，這件事本身就會成為行銷重點，所以許多廣告都會瞄準這一點進行宣傳。不過顧客對此並沒有什麼興趣，唯有某樣事物是為自己而存在時，顧客才會有所反應。

近來常見的例子就是高科技企業。他們總是強調不斷自己所擁有的特定技術，卻無法說明這對顧客有什麼好處。這是因為他們受到「知識的詛咒」，認為自己很懂這項技術，顧客肯定也很懂。

結果要好，意圖才會好！

「這樣是好是壞？」「這樣不是更好嗎？」都是次要的問題。真正的重點在於：如果不站在顧客的立場，讓顧客覺得「這是為我量身打造的」，那無論東西再好，都很難勾起顧客的興趣或反應。

「這款免治馬桶座使用了抗菌銅這種天然抗菌材質，效果長達一年。」

用這種方式說明，讀者十之八九會反問「所以呢？那又怎樣？」

不如我們換幾個詞看看吧。

「這款免治馬桶座使用了天然抗菌材質抗菌銅，能夠清除廁所內99.9%的有害細菌。」

文字雖然出自我手，但閱讀的人卻是對方；也就是讀者並非是我，而是他人。因此我們在挑選、排列詞彙時，必須把焦點放在對方身上。我們經常能看見許多人光憑自己的感覺，認為「文章這樣寫應該就可以了」，最後反而使自己陷入尷尬處境。無論你抱持什麼意圖、如何說話，都只有在對方的腦袋接收到訊息並開始運作時，你的意圖才會被接受。

有句話說，天堂裡處處是創造良善結果的人，地獄裡則處處是擁有良善意圖之人。為了讓你的良善意圖到讀者手中時，能夠成為良善的結果，請把焦點放在對方的利己之心。

Tips

寫作是最具代表性的溝通工具。你書寫的原因是為了勾起讀者理想的反應，但讀者總會反問「我為什麼必須要聽你說的話？這樣我能獲得什麼回報？（WIFM: What's in it for me?）」提出這樣疑問的讀者，想聽到的答案是「這能讓你獲得利益，並阻止你蒙受損失」。唯有更具體地向讀者提出以下的提議，他們才會遵從你的想法：

1. 情緒上的WIFM：歸屬感、身分提升、價值、擴大視野、共感、名分、因應損失。
2. 功能上的WIFM：前所未有的產品或服務、卓越的性能、經濟實惠的價值、無法回絕的購買條件。
3. 品牌WIFM：信賴或風格。

——節錄自《擄獲顧客的行銷寫作》（暫譯，宋淑熹著）

禁止誘發思考的「單刀直入」詞彙

書寫者與讀者截然不同，就像來自火星的男人與來自金星的女人一樣，兩者決定性的差異在於對於文字長短的態度。讀者並不想閱讀長文，不，應該說他們討厭閱讀這件事，因為閱讀會使他們思考，而思考這件事令人疲憊。

再加上智慧型手機會妨礙他們持續閱讀、專注。無論是新聞還是部落格文章，只要短暫掃過標題的一兩個詞，讀者就會瞬間決定「要」或是「不要」。這也是為什麼記者總被下令說要用短一點的詞。如果兩個詞意思相同，那就選擇較短的那個使用，因為短詞彙不僅用起來簡單，讀者也容易理解，能讓人更快接受。

另一個關鍵是使用傳達時迅速確實，能讓讀者在觀看瞬間就做出判斷的詞彙。也就是選擇不強迫讀者思考，能簡單明瞭表達核心宗旨的詞彙。

思考就輸了

「快速完成眉妝」

這樣的句子會讓人思考「快速」到底是多快？讓讀者思考，就是失敗的詞彙使用範例。

讓我們換一個說法看看：

「1秒完成眉妝」

將「快速」這個詞彙替換為「一秒」，讀者「一看到」就能立刻知道有多快。

「對烤箱來說使用上很困難。」

電視購物在賣鍋子時總會這樣說。對烤箱來說使用上很困難？這句話會讓人徹底陷入思考。是說不要用在烤箱的意思嗎？而就在這思考之間，讀者便會轉臺了。

Tips

電影字幕每三秒就會換下一句，人每一秒平均可以閱讀三至四個字，所以三秒總共能看十二個字。面對近來已經習慣用智慧型手機掌握大小事務的讀者，我們必須像電影字幕一樣使用簡潔的詞彙，讓他們能瞬間理解。

可以的話儘量使用短詞彙。短詞彙是用來「看」的，長詞彙是用來「讀」的。如果發現刪掉也不會影響語意的詞，那就大膽刪除吧！長文應該儘量縮短到讓人能一眼看完。以主動詞取代被動詞、以正面詞彙取代負面詞彙、以具體詞彙取代概念詞彙，這樣就能在瞬間傳達訊息。

聽到當下就會集中注意力的詞彙

平定內戰的凱撒大帝，在未舉辦凱旋儀式的情況下離開埃及。當時受到羅馬統治的埃及，在凱撒大帝入城之後派托勒密十三世的臣子前來迎接，並如此稱頌凱撒大帝：

「支配大地與天空的何魯斯，托特之子……」

這時凱撒打斷這位臣子的話，說：

「感謝，其他稱號大可不必，我是尤利烏斯．凱撒。」

尤利烏斯．凱撒，只要報出名號就能說明一切，而這也是克麗奧佩脫拉迷上他的時刻，因為他是個有男子氣概的男人。

撰寫《正義：一場思辨之旅》的麥可・桑德爾教授一堂課有一千多名學生。若有人想講述自己的故事，桑德爾教授會先詢問學生的名字，然後才展開對話。桑德爾教授說當自己的名字被呼喚，人們面對任何事物的態度便會改變，人們能藉此感覺受到承認、關注，同時也會對個人的言語和行動更具責任感，進而更積極思考。

「我指名你！」

閱讀美國某機關的問卷調查報告，會發現有超過半數的成年網友回答「曾經搜尋過自己的名字」。在這個數位時代，人們都好奇自己的評價。隨著數位化加速，個人開始逐漸成為一項數據。世界越是如此發展，人們在對自己而言最重要、珍貴的「名字」被呼喚時，敞開心房的可能性就越高。

「叫名字」是與讀者對上頻率的最佳方法。美國前總統歐巴馬在競選期間，主要使用的方法也是點出特定支持者，並叫出他的名字。讓我們舉個例子來說明他擅用的方法。他會寄一封以此為主旨的電子郵件，給支持者中名叫「劉亞仁」的支持者：

「您好，劉亞仁先生／女士！我們可以確認名為『劉亞仁』的支持者捐出了多少款項支持這次的競選活動。」

仔細想想，你支持的總統候選人點名你，並直接寄電子郵件給你會是怎樣的情況？如果他又拜託你什麼事呢？即使知道這是一種商業手法，還是很難裝作視而不見吧？星巴克也是，只要顧客點的飲料製作好，店員便會呼喚顧客的名字。從這點看來，在可口可樂瓶身上刻名字的行銷方法之所以能大獲成功，或許也是理所當然的事。

「可為您更換損壞的淨水器。」

「我們將為◯◯淨水器的貴客宋淑熹，提供免費更換服務。」

兩者相比，後者是否聽起來更像專為個人量身打造的服務呢？

「82年生的金智英」

「美玲啊，妳吃飯時最美。」

人們經常使用類似這種實際存在的名字，來壓縮要傳達的訊息。因為這樣可以讓當事人，以及許多能對此產生共鳴的人跟著集中注意力。

Tips

美國前總統歐巴馬曾為了參與二〇一二年美國總統大選舉辦線上募款，當年他只是稍微更改了電子郵件的主旨，就讓募款金額的差異達到六倍之多。在當時的競選活動中，僅僅是一封電子郵件，就請了二十名文案寫手寫出十八種不同的主旨進行重複實驗。最後他們歸納出最有效的電子郵件主旨寫法如下：

「控制在十五字以內，並放入收件人與寄件人的姓名。」

所以，如果希望對方專注聽自己的話，那就呼喚對方的名字吧！尤其是透過電子郵件、留言板或通訊軟體跟顧客溝通的時候，最好從叫對方的名字開始。

暱稱，為名字增添趣味的詞彙

「魔鬼掃帚」

「繃帶霜」

這些都是在二十多歲年輕女性之間熱賣的商品。聽起來好像無法與漂亮畫上等號的「魔鬼掃帚」，其實是號稱只要塗抹在乾燥的髮絲上，就會讓髮質立刻變好（如果沒有立刻變好，會被魔鬼訓斥）的護髮精華。魔鬼掃帚，光是這個名字就讓人覺得非買不可。

「繃帶霜」則是彷彿動完整形手術、拆了繃帶之後，發現自己的臉變得美若天仙，強調只靠一款ＢＢ霜就能達到類似整形效果的迷人用詞。

「專為受損髮質打造的特級解藥！」

「膚色不暗沉，持久力絕佳！」

這些文字敘述會讓人瞬間興起想購買的念頭，因為不僅說法非常有趣，還能喚起人們的興趣，非常適合透過社群平臺傳播。

超越理論的暱稱之力

在只要0.3秒就能決定去留的社群世界，操作訊息的原則就是文字表達能力的效益。無論要傳達的訊息或意圖是什麼，只要選擇合適且效益絕佳的詞彙，就是能讓人感到有趣、留下深刻印象，並立即將訊息散播出去的有效方法。

「1秒美甲」

這個名字所代表的產品，其實是指甲貼片，而不是一般的指甲油。

「珍珠粉餅」

這則是指長得像珍珠一樣的粉狀化妝品。

如上所述，許多專家早就發現產品暱稱在社群時代效果相當顯著，這也讓他們開始嘗試選擇新詞彙策略，那就是嘗試為產品取一個外號。當原本的名字太長、難以發音導致不易傳播時，企業就會站在為顧客著想的立場替產品取一個外號。也有企業會直接拿顧客為產品或服務所取的外號使用；更積極一點的企業甚至會舉辦有獎徵答，邀請顧客一起為產品命名。

Tips

建案附近如果有湖，就會取名為湖之城；如果有兩座相似的橋則會取名為雙子橋；位在市中心就稱中央城，這也使得我們能從建案的名字，一眼看出該建案的特色。無論是你的產品、服務，甚至是你正在執行的專案或活動，如果需要取一個能夠幫助宣傳的名字，那不如就仿照建案的做法試試看吧。

第一階段：無論是效果、素材、地理位置都好，請從中選出一個最強力的特徵。

第二階段：找出最能濃縮、最能象徵該特徵的詞彙，並以該詞彙創造暱稱。

第三階段：請你先開始使用這個暱稱，再邀請人們跟你一起使用這個暱稱。

讓陌生的他人成為「我們」的夥伴

「濟州島妖精、葡萄柚妖精、棒球妖精」

日式立吞酒館「首爾INOYA」只接待妖精客人。老闆會找出客人的特徵，以一個合適的名詞形容這項特徵，稱呼客人為「○○妖精」。

請為顧客創造一個暱稱，並用這個暱稱稱呼顧客吧！這樣一來顧客就會成為自己的夥伴、站在自己這一邊。因為替人事物取名，就象徵著你認可對方的存在、認定對方與自己站在同一陣線。

宜家家具（IKEA）的宗旨是「我們是實踐平衡的平衡者（Lagomer）。」在瑞典語中，平衡（Lagom）一詞也有「不多也不少」的概念，代表「充分」「充足」「適當」「剛剛好」之意。也就是說，宜家家具認為使用他們的產品，就是實踐平衡的「平衡者」。

有一檔相當受歡迎的綜藝節目《我獨自生活》，節目內容主要是讓獨居的藝人們展現個人的生活型態。演出該節目的藝人家中都放了一隻巨大的玩偶熊，熊的眼睛裝了攝影機，大家都將這隻熊為「威爾森」。

威爾森（Wilson）這個名字來自電影《浩劫重生》，是主角在無人島生活時為一顆排球取的名字（註：也是該排球的品牌），劇中他將這顆排球當成活生生的朋友看待。如今「威爾森」這個名字也因《我獨自生活》受到大眾的喜愛，成為將近五百萬的「獨居族」，也就是一人家庭的代名詞。

名字是一種認同

名字對任何人來說都是最迷人的詞彙。不只對個人如此，對特定的團體來說，只要能呼喚他們的名字，就能強調他們的群體認同，並提升成員之間的凝聚力。美國醫療法人中南財團以「產品擁有者」取代「患者」一詞。明明稱呼患者會比較輕鬆，為何非得要用這麼陌生的詞呢？針對這點，財團如此說明：

「這是為了提升所有人對系統的標準，也是為了讓顧客能夠自行決定自己應該獲得什麼樣的待遇；更是希望能讓眾人具備自主意識，自動自發地為自己的健康負責。」

醫院之所以做出這番解釋，主要想傳達「健康與治療的基本責任在於自身，醫院不過是提出建議」的理念。基於希望「產品擁有者」能對個人健康抱持關注，才會選擇這個詞。僅僅是一兩個詞彙，就能讓整個集團產生特定的認知，真是了不起的影響力。

Tips

你希望什麼樣的人閱讀你的文章？你希望什麼樣的人成為你的顧客？請為他們取名字吧。這樣一來就能找到符合你想像的顧客，而現有的顧客也會成為你理想的樣子。在分享價值與觀點、產生相同的興趣之後，交流就會變得更容易。

「一句話」深入腦海的秘密

我買了一臺新的泡菜冰箱。我選擇了帝恩采（DIMCHAE）這個牌子的產品，也相當自豪自己買了一臺最好的泡菜冰箱。或許以製造泡菜冰箱的技術來看，三星或樂金不輸帝恩采，但我腦海中就是存在「泡菜冰箱就是帝恩采」的印象。

寫作是傳達訊息的行為，最終目的是為了引導讀者做出作者理想中的反應，但接收訊息的對象卻因訊息的洪流而傷透腦筋。面對洶湧而至的資訊海嘯，接收訊息的對象不知該把注意力放在哪裡，腦袋一片混亂。在這種情況下，要讓接收訊息者再次閱讀你的文章、依照你的意圖行動幾乎是不可能的任務。

全世界付出最多報酬給寫作這項行為的廣告產業，為了打穿消費者心中日漸堅固的防火牆，發展出許多激烈的做法。例如「用一個詞彙抓住潛在顧客的心」，他們稱為「市場定位」。這是能夠讓顧客不選擇其他企業、產品或服務，同時也瞬間深入腦海站穩腳步，讓顧客記住企業特色的方法。

市場定位一旦成功，顧客腦中就會自動浮現類似「說到帝恩采就是泡菜冰箱，說到泡菜冰箱就是帝恩采」這樣的公式。站在企業或銷售業者的角度來看，這種方式能大幅降低行銷與營業費用。

簡單常見的生活語言是關鍵

「安全＝Volvo汽車」
「燒烤＝漢堡王」

能用一個詞讓讀者產生反應的方法固然最好，但如果無法用一個詞創造這樣的效果，那也可以選擇用一句話吸引讀者。以三到四個詞組成一個句子，讓讀者閱讀一句引人矚目的「話」，就能創造與單個詞彙相同的效果。這時，用簡單常見的生活語言濃縮核心價值，就成了最重要的事。

「不是用炸的炸薯條」

「提早一小時的SBS八點新聞」

這兩句話簡單明瞭地讓讀者知道為什麼要吃炸薯條、為什麼要看SBS的八點新聞。

「我們提供中國的媽媽們安全、新鮮且高價值的食品。」

這是中國最大連鎖超市之一永輝的「一段話」。雖然句子是由多個詞彙組成，但因為使用簡單常見的生活詞彙，所以看起來就像短短的一句話。

Tips

如果不打算給對方思考的時間，而是希望能立刻讓對方留下深刻印象的話，用詞就必須簡單明瞭。善於寫作的知名投資人巴菲特曾說，他在寫信給公司的股東時，總會假設讀者是自己的妹妹。他說假設閱讀的對象是不太了解投資的妹妹，說明就能更淺顯易懂，還開玩笑地說如果有人沒有妹妹，他願意出借自己的妹妹給有需要的人。

一位元老級的政治家曾說，他還在政壇時，每次要撰寫演講稿，都一定會讓身為專職家庭主婦的太太閱稿並給予回饋。而我也從兒子國中一年級開始，就讓他看我寫的文章，提供我評價。只要有兒子提出疑問的部分，我就一定會修改成更簡單的說法。新聞記者在寫新聞報導時，也會被要求要寫出國中一年級也能理解的內容。

你說你沒有國中一年級的兒子嗎？那要不要把我的姪子借你呢？

讓消失的主詞復活

任職於政府高級部門的任先生，因為報告寫不好而遭到貶職。他問究竟是哪裡寫不好，主管回答他：「因為你的主詞全都放在事物上！」

因為這句話，任先生翻閱了自己寫的報告，才發現他大多使用「為了獲得廢棄物處理場的空間，誰做了什麼事、必須做什麼事」的句型；也就是說幾乎沒有以人為主詞的句子。取而代之的是以廢棄物、腹地、穩定性等事物為主詞寫成的模糊語句。

無論對誰來說，最重要的辭彙都是「名字」；無論對任何人來說，最重要的都是自己。

請讓在你的句子中已經死去，但卻又具有最大影響力的詞彙——主詞復活。請讓人重回主詞的位置，取代成為句子主角的那些事物。在你的句子裡，應該要讓讀者取代你成為主角。這樣一來讀者就會強烈地感覺到，他正與你面對面單獨談話。

「此優惠適用於65歲以上的區民。」
「只要年滿65歲，您也可以享有這項優惠。」

修改過主詞之後，聽起來就不像是隨便跟誰說的一句話，而是特別針對自己所說的話。

「很多人都不知道」
「您很可能也不知道」

使用第三人稱，句子會變得沒有生命力、有距離感，表達能力也會變差；使用第二人稱，則會讓人感覺彼此之間距離很近。

「今天讀了○○新聞的報導，您有看到他們介紹我們的產品吧？」

這句話的主角是寫下這句話的人，如果把讀者當成主角，應該會是這樣：

「先生／小姐您應該已經知道，○○新聞有介紹到我們的產品。」

如果你的文章讀者表示不知道你在寫什麼，並退回你的文章，那請仔細檢視一下自己寫的內容。主詞是否仍在原位呢？單單是找回主詞，文章就能大幅改善。

Tips

「在跟一個人說話時，要把他放在話題的中心，這樣一來他就能聽你說上好幾個小時。」

這是廣為人知的處世之道101，也請你像這樣把閱讀文章的人，也就是你的讀者當成主角吧！如果文章是從「讀者的名字」開頭，就能夠讓讀者專注。文章中間也要不時加入「如您所知」，讓對方知道你很關注讀者。這樣一來，讀者就會覺得自己是在與你一對一溝通，也會儘量傾聽你的要求。

使用「對方想聽的詞彙」

你必須向來銀行辦理業務的九十多歲老奶奶，說明關於「獲利」的事情。該如何說明呢？被稱為投資鬼才的巴菲特是這麼做的：

「您把一百美元交給我，一年後我會還給您一百零七美元。」

對一般老奶奶來說，獲利這個詞很難懂，投資報酬率等詞彙也會讓她們感到陌生。老奶奶關心的事只有「你能幫我增加多少錢」。面對老奶奶，就必須用老奶奶的語言說明。

如果希望有人閱讀你的文章，撰寫時就應該避免你熟悉的專業用語，將詞彙替換成讀者腦海中會有的、經常使用的詞彙。請把你使用的詞彙，替換成讀者在身處的環境中或工作上會使用的詞彙吧。這樣一來，即使不去改變句子的意思，還是能讓讀者更快理解、聽懂你要表達的內容。

重點是：你必須掌握自己使用的詞彙，對閱讀文章的讀者來說會是什麼意思。請把自己想說的話，換成讀者想聽的話吧！我們該使用的不是「我的詞彙」，而是「讀者的詞彙」。

讓「想說的話」變成「想聽的話」

如果使用平時便存在於對方腦海中的詞彙，就能更容易讓對方理解，也更容易說服對方，甚至能更進一步讓對方依自己的期待行動。我在指導寫作時，也經常使用這個方法。

如果對方是西醫師，我會說「請醫師您診斷一下自己寫的文章」；如果對方是中醫師，我會說「請您先試著把脈，看看讀者好奇什麼、想知道什麼」；如果對方是藥師，我會說「請您調製對讀者有用的資訊」。

即使表達的意思相同，但也希望你能試著替換成讀者喜歡的詞彙，把你想說的話換成對方想聽的話。

如果你想強調的是「低廉的價格」，那就用「高CP值的合理價格」；如果你想說的是「請支付一定費用」，那就用「請投資一筆費用」；如果你想說某人「很政治化」，那就試著用「很有組織力」來代替。還有，不要直接說「有問題」，而是改說「一起解決幾個課題」。

像這樣讓讀者聽到自己想聽的話，那無論你提出什麼要求，他們都會都會甘願接受。

Tips

想知道自己的讀者主要使用哪些詞彙嗎?請去看看讀者經常造訪的網路社群吧。

透過他們往來的訊息內容，找出專屬他們的詞彙使用習慣。也不妨瀏覽一下知識問答網站。只要輸入關鍵字就能搜尋相關提問，試著探索這些問題，就能歸納出讀者愛用的詞彙。

打開對方心中金庫的秘密鑰匙

適逢戰後嬰兒潮大舉退休的時期，美國摩根大通金融公司大動作以「將錢交給我們，我們將輕鬆為您增加財富」的口號打廣告。令人驚訝的是，這個廣告竟然大為失敗。焦急的摩根大通趕緊委託人類學者檢視失敗的原因，結果發現許多白手起家的人，對於自己賺來的錢都抱持與眾不同的敬畏之心，甚至對不勞而獲感到羞恥。經過這件事之後，摩根大通便修正了廣告內容：

「我們將成為協助顧客做出判斷的好夥伴。」

這次的廣告當然大獲成功，都是多虧了「協助的夥伴」這個詞。這個例子告訴我們，一個詞彙就能拯救無效的行銷策略，其秘訣在於刺激人們心中歸屬於某個群體的慾望。

「我們是陌生人嗎？」

掌握讀者是誰之後，就要尋找對方認為重要的價值為何。人們往往懷抱理想的價值，並且希望能夠隸屬與該價值一致的團體。以下是能夠刺激這類需求的詞彙：

「請飛來與我們相見吧。」

「真想來杯咖啡。」

「要說這些話，實在令人難過……」

如果收到以此為主旨的信件，會不會讓你覺得是「懂我的人」寄來的信呢？這些句子是二〇一二年美國總統大選時，歐巴馬陣營為募資而寄給支持者的信件主旨。

歐巴馬陣營設計了超過十八種類似形式的主旨來實驗，其中最有效的就是這個：

「嘿（Hey）」

單靠這一個詞，就募到上百萬美元的資金。因為這個主旨讓人覺得信件像是來自朋友一樣親切，也顯示了策略奏效，讓支持者覺得欲尋求連任的歐巴馬就像「朋友」一樣。

「如果是你的話？」

「如果您的店所在的街區，五間店中有四間店加入賽思科，那您店裡有老鼠蟑螂的機率有多高呢？讓賽思科免費幫忙檢測。」

閱讀這段文章，會感覺對方好像在跟自己說話。這是因為「您」這個詞出現了兩次。會讓人感覺自己被點名、自己雀屏中選、自己獲得認同，進而讓人願意花錢。

所以跟「許多咖啡廳都使用威爾斯淨水器。」相比，

「貴店附近的咖啡廳大多使用威爾斯淨水器，如果您的客人喜歡威爾斯淨水器的味道，您會怎麼做呢？」更能刺激顧客的購買慾望。

獲。

兩段文字的差異只是挑選能刺激歸屬感慾望的詞，但顧客卻會在不知不覺間被你擄

Tips

金庫必須安全，所以鎖得非常嚴密。讀者心中的金庫也牢不可破，用一般的方法難以打開。雖然能靠幾個詞把讀者的心門打開，但若想讓讀者心甘情願地開啟心中的金庫，那麼你自己必須先向讀者敞開心房。請試著努力且真誠地為讀者解決問題吧，或許你不需要更換詞彙，就能夠讓讀者讀懂你的心，並向你敞開心房。

賣吸塵器給男人的方法

「請將盤子轉180度。這次請轉90度。」

我正在看我喜愛的演員Eric演出的綜藝節目《一日三餐》「大海牧場篇」。Eric正在將自己親手揉製的披薩麵團，放入親手製作的窯烤爐中料理。Eric告訴李瑞振要轉動披薩的盤子，讓麵團均勻受熱。如果是我在現場的話，應該會這樣說：

「請將披薩的盤子轉半圈（180度）。這次請轉一半的一半（90度）。」

男人與女人分別來自火星與金星，使用不同的語言，溝通時要用對方的語言是大家的默契，這點在詞彙使用上也一樣。如果對方是男人，那請用讓男人更能聽懂的語言；如果對方是女人，就請用女人喜歡的說話方式。這不是性別歧視，而是男女本就有別，與你本身是男是女無關。

「這臺車就像咆哮的獅子一樣，能發揮245匹馬力、31.6kgm扭力。沒有任何同級車可以發揮這樣的力量。」

這段話使用攻略男人天生攻擊本能的詞彙組成，是男人會喜歡的內容；但女性顧客會覺得很膩，反應也十分冷淡。讓我們試著更換詞彙，符合重視關係與關懷的女性顧客需求：

「這臺車就像在保護小孩時，會毫無保留地發揮猛獸本能的母獅，無論發生什麼事都能保護駕駛座上的您。本車提供安全的乘車體驗，為全家人的安心負責。」

在銷售現場，詞彙就是最有用的售貨員。有能力的售貨員，會在與顧客分享的對話中配合對方更換詞彙。

變化詞彙不是一種罪過

「這是結合攝影機與兩臺雷射儀而成的3D視覺系統。」

這句話在介紹什麼呢？其實就是掃地機器人。整句話的意思是在說有了這個系統之後，便能更快完成打掃工作。家電製品主要的使用者與客群是主婦，所以我改以更為合適的詞彙，以向重視關懷的女性凸顯其特色：

「這臺搭載殺菌功能的輕巧吸塵器，讓您的寶貝不用暴露在充滿細菌的環境下。」

面對女性顧客，這樣寫才對。不過最近男性也開始會分擔家事、參與購買家電製品的決策，所以針對男性的強力用詞也紛紛出籠。像是「用『3D地圖導航』功能『掃描』住家，以不遺漏每個角落的『最佳化打掃』為傲」等行銷語句就是最佳範例。這告訴我們，隨著閱讀的對象改變，詞彙的選擇也要跟著變化。

Tips

男性有想像玩遊戲一樣享受打掃這件事的傾向，所以當生活家電業者設定男性為主要客群時，會選擇適合他們的詞彙來介紹產品。順帶一提，根據某科技媒體的調查，男性喜歡的表現方式如下：

1. 強調有其他產品沒有的創新功能。
2. 以數字來呈現性能，如有多強大的吸力（pa）、吸入功率（AW）等。
3. 比起美觀，更傾向選擇堅固、顏色簡約的產品。

如何讓討厭的話聽起來不討厭

全球投資專家巴菲特是波克夏・海瑟薇的執行長，也是位擅長寫作的高手。他最著名的事蹟，就是每年都會親自寫信給股東。他主要的寫作技巧，就是會換個角度說話，將悲觀的詞彙替換成樂觀的詞彙。

一位數據專家分析了自一九七七年以來，巴菲特執行長在四十年間寫給波克夏・海瑟薇投資人的信件內容，並找出他偏好的詞彙。據說是「損失、收益、價值、重要的、負債、卓越」這六個詞，全部都是簡單且平凡的詞彙。

在一九八七年的黑色星期一、二〇一一年的九一一恐怖攻擊、二〇〇八年的金融危機等「危急情況」時，巴菲特用了什麼詞呢？這時他完美展現何謂「寫作時使用有力量的詞彙」應該是什麼樣子。他選擇了這些詞彙來傳達「危機」：

「罕見的」
「艱困的」

迂迴表達負面情緒

有些詞彙說出口就令人感到羞愧、抱歉，但如果非得使用這些詞彙才能傳達訊息的話，那該怎麼辦？我是透過電影《偷情》學到了這個方法。主角丹從事在報社寫訃告的工作，他用這種方法向剛認識的女友介紹自己：

「部長海利告訴我死者之後……（中略）……再做最後的修正，這時我會使用『迂迴語法』。酒精中毒者就說他『懂得享受』，同性戀者就說他『個人生活十分充實』，出櫃的同性戀者就說他『私生活非常享受』……」

其實閱讀報社的訃告會發現，死因大多不會明白寫出來，而是用「宿疾」「痼疾」等詞彙代替。溝通需要暢行無阻時固然要「直球對決」，但類似這種詞彙本身會令人感到不適的情況則應該更慎重，或是以更溫柔、迂迴的表現方式，避免傷到讀者的心。

迂迴表現法也經常能在工作場合或日常生活中發揮作用，因為這樣可以讓對方比較不丟臉。用「縮編」取代「解雇」、用「本人也無計可施的味道」取代「狐臭」或「體臭」、用「一般經濟艙」取代「三等艙」、用「經驗豐富」取代「老」、用「不領薪資」取代「失職」等，就是所謂的迂迴表現法。

這是以前我跟妹妹處理繼承相關文件時發生的事。在需要寫到「先父的遺產暫由母親繼承，而母親去世時……」的內容時，我突然停下了筆。因為我覺得，光是寫到「而母親去世時」這句話，就是對母親不孝。當時妹妹把句子改成這樣：

「發生需要繼承的情況時」

我妹妹實在很有才華，即使不用令人感到不適的詞彙，也能夠完成這段文字。

Tips

觀看電視購物節目，就能聽到很多迂迴表現法。

他們會把便宜的，也就是廉價的材質說成是「合理的材質」。遇到一個月要付上千元分期的名牌手錶，他們不會明說，而會說這是一種「投資」。這些迂迴的用詞能夠讓負面的情緒跟著轉變。

第3章

忍不住讀下去！

溜滑梯詞彙使用法

「我們是懂得閱讀的宇宙萬物。獲取詞彙、組成詞彙，清楚知道詞彙的存在就是一種手段。」

——加拿大作家阿爾維托・曼谷埃爾

丟出「陷阱詞彙」釣出對方的想法

這是二〇一二年南韓總統大選時發生的事。當時在野的兩大勢力——文在寅與安哲秀兩位候選人為了整合打算舉辦民調，但雙方就連對民調的意見都無法整合。雙方對於應該、不應該放入哪些問題，始終沒有達成共識。

文在寅想問「支持誰成為在野黨唯一候選人」，安哲秀則想問「誰才是有競爭力，能與朴槿惠抗衡的人」。雖是同樣的問題，但不同的用詞卻能讓選民勾勒出截然不同的畫面，而人們往往會依照自己腦海中的畫面進行判斷。

出現特定議題時若被特定「詞彙」綁住，那對該議題的詮釋與聯想，就會完全被困在該詞彙的框架中動彈不得。在傳達特定事實時，透過用詞的選擇與建立的框架，讓獲知訊息者的想法與行為往話者理想的方向發展——專業說法稱為「框架效應」。

詞彙決定畫面

「各位所任職的部門都有長期懸而未決的課題，我將挑戰在任期中解決這些事情。」

這是南韓前國務總理李洛淵在授予次長級政務官委任狀時所說的話。李總理說使用「清算積弊」這個詞，會讓人感覺具攻擊性，也會勾起某些人的被害者意識，故他決定以「長期懸而未決的課題」代替。曾任新聞記者的他深知詞彙的影響力，因而做出這個選擇。

「以後就稱為簡訊行動吧。」

某位國會議員提議要將「簡訊轟炸」這個詞改為「簡訊行動」。她提出「不能讓國民寶貴的意見，因為不當名稱而受到偏頗的嘲弄」，主張變更相關用詞。她的意見主要是基於無論內容好壞，「轟炸」這個詞都會讓人聯想到暴力形象。

為了表達自己的想法，挑選、排列特定詞彙這件事，就是為個人想法創造特定框架的決定因素。即使想法相同，但只要使用不同的詞彙，就能創造不同的結果。所以在挑選表達個人想法的詞彙時，應該儘可能選擇對自己有利的詞彙。

Tips

現在假設我們要描述一段特定期間。如果想讓對方感覺那段時間很長，就應該用「較短的單位」；如果希望那段時間感覺很短，就要用「較長的單位」。例如72小時的「72」比三天的「3」更大，所以人們會下意識地認為72小時比3天長。

只要像這樣稍微改變一下計算的單位，就能創造不同的結果。

讓人敞開心房的「情感詞彙」

有一條唇膏今年的銷售量是去年的十五倍。產品、包裝跟價格一如既往，廣告與行銷也沒有特別改變，僅僅替換了產品名稱。這款唇膏原本取名為「磚頭色」，現在則更名為：

「乾燥玫瑰色」

機場販售的伴手禮巧克力雪莎，外包裝上的句子讓公司傷透了腦筋。因為他們無法決定哪些合適的詞彙，可以用來表達「用優質食材製作的巧克力」這一點。

「使用嚴選食材。」

「使用昂貴食材。」

這兩句話當中，哪一邊比較吸引你呢？經過消費者調查後，雪莎決定將「嚴選」印在包裝上。原因是消費者認為「嚴選食材」讓人感覺受到特殊待遇、十分幸福，而「昂貴食材」則感覺不是生活中會使用的產品，不會想經常購買。如果對製造商來　意思都一樣，那就應該選擇會讓消費者經常購買的詞彙。

這次要介紹的詞彙使用法，就是如何使用動之以情的詞彙。而我們需要這麼做的原因，就在於大腦的特性。人的大腦會優先處理具體的圖像，如果該圖像能夠誘發特殊的情緒，那大腦就會在0.3秒內發出ＯＫ的訊號，並命令身體行動。

「迎接新年，修理居家吧。」

據說這間公司只換了這句行銷文案中的一個詞，營收就增加了20％：

「迎接新年，裝飾居家吧。」

光是把「修理」換成「裝飾」，就有如此大的差異。原因在於「修理」這個詞，會讓人感覺似乎有什麼地方出錯而不安，是個負面的詞彙；而「裝飾」這個詞則暗示了愛、尊重與希望。這個例子告訴我們，即使意思相近，也應該儘量選擇能聯想到正面情緒的用詞，實際的營收也證明了其效果。上述的例子，正是國際知名的廣告文案撰寫人約翰・卡爾普斯透露的親身經歷。

如上所述，我建議各位最好避免會引發不安、恐懼、罪惡感、不悅等負面情緒的詞彙，並儘量選擇能勾起大腦喜歡的情緒的用詞，像是蘊含愛、認同、勇氣、和平、希望、寬容、尊重等意義的詞彙。

Tips

有感情的詞彙，能施展讓人打開錢包的魔法。大家要記住：心房要先打開，錢包才會跟著打開。

撼動人心的「人感智慧詞彙」

「花束宅配」

各位知道這樣短短幾個字組成的一句話要價多少嗎？答案是足足兩千六百萬韓元（約六十萬新臺幣）！這是用這四個字在NAVER下一個月關鍵字廣告的費用，詳情我們稍後再說。而同樣的情況也發生在Google上。這告訴我們，對沒有額外預算做廣告行銷的人來說，花錢去買天價的搜尋引擎廣告簡直是天方夜譚。

但還是有個令人振奮的消息：近來消費者主要獲取資訊的裝置不是電腦，而是手機。比起搜尋引擎篩選出來的結果，他們更喜歡自己從滿山滿谷的資訊當中發現、選擇目標。

這代表過去做網路行銷時，必須挑選搜尋引擎喜歡的詞彙組合的鐵則已經過時。如今以非機器的時代，而是如果不用一行字、一句話瞬間擄獲目光，就無法被自己的顧客發現、選擇。換句話說，如果想帶來更多財富，比起有能力耗費鉅資以「花束宅配」下關鍵字廣告，更重要的是能在合適的時間點，選擇合適詞彙的選球能力。

無印良品的代表董事金井政明曾說，在人工智慧所支配的時代，更重要的是「人感智慧」。不是單純利用搜尋引擎，而是具備足夠的能力，寫出能透過消費者的眼睛進入內心的一行字、一句話，才能稱得上是真正的人感智慧。

提升「人感智慧」

人心相當奇妙，無論東西再多、再複雜，都能清楚辨識出吸引自己的對象。所以，請開發出能讓人瞬間被吸引的表達方式吧。最簡單、最快的方法，才能夠刺激好奇心、引發人們想深入了解的慾望。

「明明很認真讀書，為什麼每次考試都考砸？」

「明明很多人點進網站，銷售為何還是不見起色？」

我推測，如果是用「為什麼」「為何」這種詞彙發問，讀者肯定會想「說得對耶，為什麼會這樣？」並且為了深入了解而點開文章觀看。不過，在選擇一句話來刺激人們的好奇心時，有一點應該特別注意，那就是必須將核心資訊藏在本文中。

除了刺激好奇心的想法之外，下列以解決方法包裝的技巧，也能吸引人們點擊觀看：

「明天就能跟外國人對話的超簡單英語學習法」

「四十種讓工作、愛情、人際關係順利的心理技巧」

Tips

近來消費者通常都是先掃過標題一眼，再決定要忽略文章還是要點開來繼續閱讀，所以總被戲稱是「只看標題」的一群人。

阿姆斯特丹大學廣告系的弗蘭澤教授指出，人們在網路上「唰」一眼掃過標題的時間不過0.3秒。而根據Google的研究結果顯示，習慣只是用眼睛掃過訊息的消費者，即使將文章點開來閱讀，專注時間也僅有8秒。所以請記住：無論是電子郵件、留言還是社群媒體的標題、文字訊息、社群平臺上的文字等等，想要消費者做出理想的反應，就必須在0.3秒與8秒內傳達自己要傳達的訊息。

引發點擊的「溜滑梯詞彙」

看完一句話，當下決定是否點擊的行為只需要0.3秒；經由這個過程好不容易贏得的注意力時間只有8秒。人平均每秒閱讀4個字，8秒不過是閱讀32個字的時間。所以即使費盡心思引人點擊，若無法吸引對方的專注超過8秒，就無法讓對方閱讀到最後。

既然這樣，想讓對方閱讀自己的文章、依照自己的想法行動，根本是件不可能的事吧？但卻有一些人很擅長這種事。首先我們的目標是必須讓讀者點擊。讓我們一起來向被美國知名媒體《紐約時報》點名為強力競爭對手的網路媒體《BuzzFeed》，學習如何在0.3秒內吸引讀者點閱的技巧。

「10天連假絕不能錯過的10部電影」

「年節期間最NG的5種打招呼方式」

「從舞蹈障礙到舞蹈高手的7個跳舞秘訣」

這些是網路上常見的新聞標題。以「～的方法」這種句型，針對特定主題分享秘訣、方法與原則。事實上，靠社群平臺分享創下每月平均破億到訪人次的《BuzzFeed》，有一半以上的網路報導都用這種方式下標。在網路上滿溢的資訊當中，這種「溜滑梯」技巧能讓人覺得文章內容是專為自己嚴選的資訊，並在不知不覺間點閱。每個人都能學會的「溜滑梯模式」共有三種：

為了～必須要～的○種○○

～在～期間要做的～○種○○

讓～也能～的○種○○

舉例來說就像這樣：

「縱橫大型超市限時特賣的超強秘訣」

「3件度蜜月時絕對不能做的事」

「連耳包也能聽懂的英文聽力練習」

怎麼樣？是不是讓人很想趕快閱讀本文呢？因為這些句子本身，就是能刺激好奇心的「溜滑梯詞彙」。

「同樣的公寓、同樣的家庭環境，為何財產稅卻不一樣？」

「幻影歌手第二季，為何唱得超好還是聽不出是誰？」

「記憶模糊時，該怎麼辦才好？」

試著寫出放入「怎麼樣？」「為什麼？」「該怎麼做？」這些詞的句子吧。俗話說，好奇心可以殺死一隻貓。一旦放入這些讓人好奇的詞，讀者就一定會點擊。不過這時必須注意，我們需要刺激人們的好奇心，同時也要讓人們感到納悶。

讓讀者一眼就決定點進文章閱讀之後，接下來就是讓讀者讀到最後。我們可以從綜藝節目中，學到讓讀者讀到最後的秘訣。

「Super Star K 將在60秒後公開。」

這是節目中間廣告時避免觀眾轉臺的方法，文字也需要這種裝置。一篇短短的文章由四至六段落組成，每個段落的最後都放入讓人非讀下一段不可的溜滑梯詞彙，就可以避免讀者跑走。

「精彩內容還在後頭。」

Tips

綜藝節目製作團隊的能力是以收視率評價，所以為了提升收視率，他們願意做任何嘗試。即使只是要提升0.1％的收視率，都必須跟其他頻道同個時段的節目，甚至是跟觀眾的專注力戰鬥。如果觀眾的注意力從正在觀看的畫面上出現的字幕轉移開，收視率就會下滑。所以製作團隊每一瞬間，都在為擄獲觀眾的注意力而展開激烈的字幕競爭。如果想鍛鍊詞彙的使用能力，那建議各位留心觀看綜藝節目的字幕。

將缺點轉為賣點的奇蹟

有一個人持續出現在廣告上，無獨有偶的是，他最近還出現在許多「第一好評藝人」「高達75%的肯定」等新聞當中。託廣告與新聞報導的福，他出演的節目短短五個月收視率就突破20%。這段話說的是綜藝策劃人李尚民。他過去欠了很多債務，賺來的錢全都必須拿去抵債，甚至還淪落到住在債權人家裡的一個小角落。窮途潦倒的他，在節目上這樣稱呼自己寄生的空間：

「四分之一的房子」

就是這句話讓他成了「超樂觀」的象徵，將負面的窮途潦倒重新詮釋為正面的形象，也使原本破產的形象轉換為犧牲與樂觀的概念。

「分居」聽起來很負面，但如果改說成「婚姻假期」的話，就會成為值得嘗試的行為；

「同居」聽起來不怎麼樣，但換成「試婚」的話，就會讓人覺得好像應該要試試看；化妝品「樣品」被認為是附屬於一般產品、微不足道的物品，但換成「一次用量」這個說法，就會讓人覺得是攜帶方便、不需要擔心汙染且衛生的用品。

這些都是只要替換一個詞，就能創造把「負面」扭轉成「正面」的奇蹟。

某國會議員所屬政黨有個頭銜叫做「民主黨第二中隊，國民的黨」，黨團本身並不喜歡這個頭銜，但他卻將該頭銜解釋成「國民的黨，將成為國民的第二中隊」。同樣是用到「第二中隊」這個詞，卻瞬間將負面形象扭轉成正面形象。

因為誠實而發光的反轉技巧

將缺點變成賣點的詞彙使用法，是企業非常愛用的招式之一。

「一天兩次，你討厭的味道。」

這句話是李施德霖漱口水的廣告詞。漱口水雖然苦，但也多虧了這苦味才能夠抑制口腔內99.9％的細菌，廣告詞中便刻意把這個味道形容成「雖苦，卻無法討厭」的味道。

「長得醜真抱歉。」

由於用有機農法栽種的水果，沒有辦法長得又大又漂亮，所以才用這樣一句話來向消費者道歉。換句話說，其實是在表達越醜，對健康越有益的意思。

「濃郁，難以超越。」

這是亨氏番茄醬的廣告文案，會讓人好奇究竟有多麼濃郁才會難以超越？商人便是這樣大方地展現他們最自豪的優點。

加拿大總理尚・克瑞強曾經有語言障礙，過去在進行選舉宣傳造勢的時候，對方陣營曾這樣攻擊他：

「代表一個國家的總理竟因為語言障礙而說不出話，不覺得有問題嗎？」

而克瑞強這樣回應：

「我不太會說話，同時我也不會說謊話。」

這招妙手反擊，反而讓能言善道的對手變得像善於說謊的人。只是稍微加了幾個詞進去，卻能讓情況產生截然不同的轉變。

Tips

外送到家的炸雞丁味道怎麼樣呢?仔細想想，客人的確有立場懷疑外送的炸雞丁會不夠美味。這時店家可以這麼說:

「炸雞丁涼了更好吃。」

把缺點變成優點、把缺點變成賣點的秘訣，就從找出欲宣傳的物品特徵開始。請仔細觀察，然後不要害羞，大膽把特色說出來吧。

「我們不是第一名，所以我們才更認真。」

用一個詞彙打出逆轉勝

約翰・史考利這位行銷天才，讓曾經是二流產品的百事可樂，成長為能與可口可樂平起平坐的企業。曾任百事公司副總裁的他，雖是個完全不懂電腦與ＩＴ的門外漢，卻毅然決然加入蘋果。主要是因為蘋果創辦人賈伯斯問了他一個問題，深深地刺激了他：

「你想把剩下的人生浪費在賣糖水上嗎？」

「糖水」這個詞大大傷害了幫助百事可樂成長的約翰・史考利，也促使他最後決定跳槽到蘋果。當然，決定性的原因其實是賈伯斯的下一句話：

「還是要跟我一起改變世界呢？」

以員工教育嚴格而聞名的蘋果，在商店員工手冊「商店中的行為和語言使用指南」中，有特別提及「絕對不能使用的詞彙」。所以蘋果商店的員工絕對不會使用「故障」與「中毒」等詞彙，而是會改用這種方式說明：

「絕對不會故障。」

↓「看起來沒有反應。」

「沒有中毒。」

↓「可能是發生什麼狀況或出現什麼問題。」

之所以這樣挑選替代詞彙，是因為不希望因為故障或中毒等具負面感受的詞彙帶來「思考框架」，束縛了蘋果的品牌形象。

在「尿布」與「內衣」的岔路上

「風格內褲」

「防尿失禁內褲」對年長女性來說是非常重要的產品，但其實只要換個用詞，就能讓這項產品變得非常性感。也多虧了這樣的詞彙置換，當其他公司仍主打「尿失禁」並將產品放在尿布區販售時，這款「風格內褲」卻陳列在內衣區旁邊，為產品創造了奇蹟般的變身。如果是你，會想在哪裡購買這項產品呢？

就像這個例子所呈現的，一個詞彙就足以創造逆轉勝的奇蹟。光是換掉帶有負面語氣的特定詞彙，就能創造新穎且有利的認知。

「遊戲中毒」↓「過度投入遊戲」

「癌症中心」↓「癌症康復中心」

「老花眼鏡」↓「閱讀眼鏡」

Tips

不改變事實本身，而是改變描述事實的詞彙，就是逆轉勝的關鍵。

請仔細檢視你寫下的文字，如果你經常使用帶有負面意象的特定詞彙，就請用盡全力把它們換掉吧。換掉之後再試著像蘋果一樣，絕對不要用那些詞！

你也可以選擇只遵守「不使用負面詞彙」這條規則，總之，立刻開始試著用具備正面意義的詞來取代負面詞彙吧。

如何將數百句話濃縮成一個詞彙

「還是必須花這麼多時間描述你自己嗎？」

這是格蘭德汽車的廣告強調的訊息。而我想問：

「你的文章還要寫這麼長嗎？」

不能稍微濃縮幾個詞嗎？現在是摘要的時代，我們必須用一句容易理解、有趣且能夠被記住的話傳達上百個訊息。在這個訊息來自四面八方的資訊氾濫時代，人就連要記住一件事都有困難。如果不用一兩個能立刻抓住注意力的摘要詞彙深入聽眾大腦，那一切就結束了。

所以無論你想說明什麼，都請濃縮在一個詞裡。把要講三天三夜還不見得能說完的話濃縮成一、兩個詞，是件非常考驗創意的事。詞彙挑選必須嚴格，秘訣如下：

「A＝B！」

「企業銀行是為持續帶領中小企業的金融、擴大堅強的資金籌措基礎、強化外匯與國際事業基礎，以及建立足以因應環境變化的策略經營體系，同時確立有效的信用制度，提供給資金籌措力不足的中小企業確立有效的信用制度，協助中小企業經營者的經濟活動、提升經濟地位而設立。」

這是網路知識百科上關於企業銀行的介紹。由於實在太長太難懂了，所以企業銀行透過廣告，用簡潔明瞭的一句話介紹自己：

「企業銀行提供夥伴金融服務！」

濃縮再濃縮，提煉再提煉！

小說家法蘭茲・卡夫卡試圖強調：所謂的書，大抵來說是將我們內心冰凍的大海敲碎的事物。而這可以濃縮成一句話：

「書就是斧頭。」

臉書的員工雪柔・桑德柏格曾經歷突如其來的喪夫之痛，撐過這段艱困時期的她說，在遭遇失業、事業失敗、離婚等會在不知不覺間令我們失去活力的事情時，次好的選擇也會成為最好的選擇。太長了對吧？所以我濃縮成這樣一句話：

「選項B。」

臉書的年輕經營者馬克・祖克柏一直在煩惱公司的系統問題，他在給投資者的信中寫道：

「臉書並不是由祖克柏一人帶領的系統，而是許多人組成一個團隊，有系統且有效率地運作、成長的企業。」

太長了對吧？所以最後祖克柏把這段話濃縮成一句話：

「駭客之道（Hacker Way）。」

Tips

在這個求快的時代，蛇這種動物遭到唾棄的原因，甚至有可能只是因為「牠長得太長」。現代人能容許文章寫不好，但卻不能容忍文章太長。無論想說的話有多少、有多重要，都必須學會用一個詞表達。

當長長的說明訊息能濃縮成一個詞時，該詞彙的重要之處，就在於其具備的象徵意義。這段話的意思，不是要你胡亂拿個詞來濃縮訊息，而是必須要精心挑選一個無可取代的詞。

喚醒歸屬感的「名詞型詞彙」

「洗衣服請用 Pigeon！」

「洗衣就是 Pigeon！」

我們經常能看到同樣的廣告內容，卻有著不同的結尾。即使是同一個詞，以動詞型結尾就能誘導特定的行為，但若以名詞型結尾，則會令人留下深刻印象。因為名詞型結尾是在強調人們對該東西的認同。

「明天是選舉日，投下一票對您來說有多重要？」

「明天是選舉日，成為選民對您來說有多重要？」

兩句話意思相同，但比起「投票」這個動詞，使用「選民」這個名詞，投票率反而高出了10%。這是由於後者能讓人感覺自己歸屬於某個特定族群，這樣的感覺影響了結果。

如何引導自發性的行為

要求對方做一件事時，請多使用名詞。只要讓顧客擁有歸屬於某個特定群體的感覺，顧客回應你要求的可能性就會增加。例如：

「請捐兩百萬給美麗財團吧。」

「捐款給美麗財團，成為榮譽會員吧。」

兩者相比，會發現後者促使人們實際捐款的可能性更高。第二句話中提到的榮譽會員（Honor Society），指的是捐獻兩百萬元以上的贊助者才能參與的捐款人聚會。了解這個例子後，我們也能在生活中使用這種說話方式。

「我家的孩子很會讀書。」

「我家的孩子是優等生。」

「全國的優等生都用紅筆讀書。」

「全國的優等生都是紅筆愛好者。」

Tips

相較之下，想敦促他人做出特定行為時，使用動詞能得到較好的效果。將搜尋引擎「Google」轉為動詞的「Googling」，就是最具代表性的例子。我也曾在路上看過「影印一下」這樣的店家招牌，這當然是影印店的招牌，也同樣是用動詞公式創造出來的句子。

高麗大學也利用學校的名字簡寫和這個公式，創造出「期待明天」「期待改變」等動詞型的句子。[1] 我所經營的部落格「烤麵包打字機」，其實跟「下午茶時間」有異曲同工之妙，代表「用文字寫出自己的想法與想說的話」的意思。

① 高麗大學的縮寫「高大」在韓文裡跟「期待」是一樣的發音。

直達大腦的「捷徑詞彙」

一位喜歡Zippo打火機的男性，送了幾位朋友Zippo所推出的香水。女友卻不曾用過他送的香水，兩人因此起了爭執。女友的理由如下：

「香水有打火機的味道，我無法。」

「Zippo＝打火機」這個公式已經深深烙印在腦海中，所以女友認為Zippo的香水就是打開打火機蓋子便會聞到的汽油味。這是特定詞彙引發特定反應的最佳例子。

耶魯大學心理學系教授約翰・巴奇曾說，人的大腦讀到「動作」詞彙時，會有意識地準備行動。他也強調，特定詞彙擁有強大的力量，能夠刺激大腦的特定部位，讓我們下意識做出行動。也就是說，即使只是一個簡單的動詞，也能夠承載你的想法，並創造出理想的結果。

就像「巴夫洛夫的狗」一樣，大腦聽見特定詞彙後便會自動做出特定反應，這稱為「制約反應」。讓我們一起了解如何讓大腦產生制約反應，引導對方做出理想行為。

如果還得聽到最後，你已經輸了！

小說家馬克・吐溫將政治人物比喻為尿布，他認為兩者都基於相同的原因必須經常更換，這個比喻毫無保留地傳達了他對政治人物的負面觀點。

醫師在向患者或家屬說明癌細胞大小時，總會用核桃或橘子等堅果或水果類比，因為這樣才能確實且快速地傳達自己的意思。

如同前面所介紹的，大腦會在0.3秒以內決定所有事情。大腦總是先決定後判斷，絕對不理性、沒有邏輯且不合理。儘快決定、儘快行動就是大腦天生的宿命，也正是因為這樣，所以大腦會以習慣模式思考。大腦是用「靈光一現的推測」方式下判斷，會直接接受當下的第一個感覺。

如果把大腦的這種屬性與寫作連結，就表示大腦可以只辨別關鍵字，並依照自己想要的方式閱讀文章。因此寫文章時需要注意的事，就是必須讓思考速度極快的人讀起來也毫無阻礙，只用幾個關鍵詞決勝負。

大腦喜歡熟悉的詞彙

「記憶就像藥局或實驗室，面對隨意伸出的手，它有時給的是鎮靜劑，有時給的卻是毒藥。」

這是電影《音躍花都》的開場字幕，引用自小說《追憶似水年華》作者馬爾塞・普魯斯特的話。他將「記憶」這個概念性的詞比喻為藥局或實驗室，讓人在一瞬間理解「記憶」的意思，而這也是大腦喜歡的方式。

「3％纖瘦低脂火腿香腸」

聽說這款新推出的香腸脂肪含量少，對健康比較有益。3%纖瘦？是指吃了這香腸之後體重可以減輕3%嗎？還是脂肪含量減少了3%呢？究竟這個3%代表的是什麼？而廣告中的內容反而比包裝文案簡單多了。廣告詞提到：「豆腐脂肪含量約5%，新產品的脂肪含量比豆腐還低。」啊哈！如果是這樣的話，那我想這麼寫比較好：

「脂肪比豆腐更少的火腿香腸」

豆腐是健康食品的代表，一般來說，人們都認為豆腐沒有脂肪或脂肪含量很低，所以如果聽到脂肪含量比豆腐更低，那麼選擇這款香腸的理由不就非常充分了嗎？

Tips

小說家史蒂芬．金讓我意識到，報紙上的訃告是一種「謝幕」。在一場表演結束之後，演員總會來到舞臺上謝幕，問候觀眾並接受觀眾的鼓掌，而這有時甚至是整場表演的高潮。史蒂芬．金用如此簡單又深奧的方式，讓我們了解到佔據日報一角的訃告真正的意義。

像這樣將概念且抽象的詞彙，替換成具體且生活化的詞彙，大腦接受的速度就會變快。這時候用來代換的詞彙，必須能準確傳達所要表達的意思，因此必須是讀者原本就知道的詞。

看似另有隱情的「故事詞彙」

星期日晚上九點，日本東京站新幹線月臺，擠滿了要搭乘晚上九點二十分的末班車離開的人以及來送別的情侶。這班東海道新幹線末班車，對分隔東京、大阪兩地的情侶來說，有如一輛「魔法列車」。末班車抵達大阪的時間是十一點四十五分，及時送午夜之前必須到家的「仙杜瑞拉」抵達目的地。所以人們稱這臺列車為：

「灰姑娘特急」

如果說「新幹線末班車」是直接表達原始意思的「事實型」詞彙，那麼「灰姑娘特急」就是讓人聯想到背後故事的「印象型」詞彙。人人都可能成為故事中的主角，送自己的戀人上「灰姑娘特急」的男性化身成追求公主的王子，女性則成了仙杜瑞拉公主。

這個例子告訴我們：選擇特定的詞彙，就能夠闡述隱藏在事物背後不為人知的故事。

故事比事實更容易被記住、傳播。因此只要賦予詞彙一個故事，無論該詞彙是標題還是東西的名字，都能夠發揮比原本更巨大的影響力。

故事的力量很強大

近來精力飲食很受歡迎，鮪魚更是其中的精髓。但鮪魚專賣店卻大多只以○○鮪魚為名，千篇一律毫無變化，其中只有一家取了與眾不同的名字：

「鮪而剛」

這樣不是一下就告訴民眾，吃下鮪魚就能有跟吃威而鋼一樣的效果（！）嗎？鮪魚跟威而鋼，這兩個詞彙之間可以碰撞出很多故事。

除了這種直接創造故事的方法之外，也有一種透過暗示讓人聯想的方法。連續劇《愛情的溫度》中，身為編劇的女主角便將自己的參賽作品取名為：

「吃牛排的男人」

既不是吃鮑魚，也不是吃義大利麵，而是吃牛排的男人，真令人好奇究竟是什麼內容。最後她將劇名改為：

「吃一分熟牛排的男人」

「一分熟」的牛排還帶有許多血水，煎得並不是非常熟，會吃這種牛排的男人究竟是個怎樣的人呢？更令人感到好奇了。

「懶媽媽的私藏食譜」

我的一位前輩在商業區開設販售咖啡與麵包的咖啡廳，當時我為她取了這樣一個店名。因為她希望能把自己在留學時期品嘗到的手沖咖啡與麵包，分享給跟自己兒子一樣的上班族們，所以我才在店名融入「媽媽做的」這個概念。一般來說，懶媽媽應該不太擅長料理，竟然有私藏食譜，這樣不會讓人很好奇嗎？但後來想想，這個店名好像有點太長了，所以我建議她濃縮成「懶人食譜」。

「閔廚的０８０部隊鍋」

０８０是什麼意思呢？很好奇吧？主要是因為這間店的部隊鍋裡加了80公分的手工火腿，桌上則黏了長80公分的尺，想讓客人感受直接丈量火腿的樂趣。但為什麼不是用80而是０８０呢？其實店名一開始叫做「閔廚的80部隊鍋」，不過很多人不是把80讀做「八〇」，而是「八十」，為了讓大家知道店名的讀法應該跟「０８０服務」一樣，所以刻意加上了一個０。這種故事對客人來說，就是很適合在社群上轉傳的好素材。

「泡泡醫生」

這是什麼店的名字呢？答案是洗衣店。幾個字就勾勒出專業且幹練的形象。閱讀現代信用卡介紹的「自行創業解決方案」資料，會發現許多苦苦經營的店家，千篇一律地掛著

「元祖年糕店」「電腦洗衣」等平凡招牌。如果這些店家能夠試著挑選有故事的詞彙，更換一下自家招牌的話，就能夠更有效率地吸引客人的注意力，營收應該也能提升。

Tips

「童鞋出售，全新未穿。（For sale. Baby shoes. Never worn.）」這雖是由六個單字，二十五個字組成的短句子，閱讀時卻能讓人腦海中閃過數十個故事。

究竟為什麼要出售呢？實在令人忍不住點來看。據傳這是海明威所寫的句子，但沒有人能夠確認真偽。據說還有一種文學類型，就是衍生自這句話。那是一種用六個單字寫成的微小說，但這也無法確認真偽。總之，如果想寫出讓人不得不點進去一探究竟的文章，那就試著用六個詞寫出微小說吧，肯定能寫出讓人好奇到受不了的句子。

刺激迫切心情的「生計詞彙」

一九七〇年四月，史上第三個挑戰登陸月球的阿波羅13號，在好不容易避免悲劇之後回到地球，美國太空總署（NASA）用這樣一句話迎接他們：

「你們正朝著熱騰騰的咖啡前進。」

一七九六年拿破崙掀起戰爭序幕時，也為了要讓精疲力盡的士兵們再次上戰場，而展開一場演說：

「為了革命的大義戰鬥吧！」

你覺得他會這樣說嗎？實際上他說的是：

「我們前往這世上最肥沃的那塊平原吧！那裡有著巨大的城市與豐饒的鄉村，讓我們在那裡吃飽，享有金錢與名譽吧。」

這段話讓士兵們再次起身，使勁力氣獲得了勝利。

這兩個例子讓我們知道，無論面對多麼極限的狀況，能夠撼動人心的都是在生活中使用的詞。無論想傳達的訊息有多麼重要、價值多遠大，也不需要用太遠大的詞。使用的詞越是厲害，就越讓人感覺虛張聲勢，會把這些話聽進心裡的人也不多。

只要選擇可以感動你的詞就好了。我認為這樣的詞彙非常貼近生活，而我將它們稱為「生計詞彙」。

生計詞彙令人感到熟悉

「為何只有我們家的社區管理費這麼貴？」

這句話是首爾市江南區廳發放的手冊標題。從標題可以推測，這本手冊的內容，是想告訴居民該如何減輕社區管理費對生活帶來的巨大壓力。雖是地方自治政府發放的手冊，但據說全國各地都有人在看。標題用的是所有社區居民在生活中都會用的詞。如果當初是採用公家單位慣用的方式，以「社區管理費縮減方案指引」為題的話，還會有這麼大的迴響嗎？

村上春樹於二〇〇九年獲頒以色列文壇地位最崇高的耶路撒冷獎時，進行了一場短講。他透過演說表達自己的意見，批評以色列軍隊入侵加薩走廊：

「在高聳堅固的牆壁與丟向牆壁而碎裂的雞蛋之間，我永遠站在雞蛋那一邊。」

村上春樹也親自解釋，他是將轟炸機、飛彈坦克、白磷彈等侵略武器比喻為高牆，而被這些令人生畏的武器所踐踏、受傷、灼燒的善良百姓比喻為雞蛋。

離開住了八年的白宮時，蜜雪兒・歐巴馬以「（現在）能夠不再擔起世界的重量是一件好事」表達自己的感想。除了這一句感想之外，她還補充：「朋友們現在會因為按下門鈴我就會來開門而驚訝，女兒們也可以隨意地開啟過去因白宮保安而不能任意打開的窗戶。」在感想之後加上的補充說明，便是用人們都能輕易理解的說法，親切地解釋她為何會有這樣的感想。

生計詞彙能撼動人心

在撰寫宣傳或行銷文案時，如能選擇人們經常掛在嘴邊的生計詞彙，就能更正確、更快地傳達訊息。

「我們提供的美體按摩課程能減少橘皮組織，幫助雕塑身材。」

用這種方式實在很難引起顧客的興趣，所以讓我們試著換成這樣：

「來我們這裡做美體按摩的客人，現在能穿緊身褲了。」

名人孫美娜女士曾在一場演講上，如此比喻年輕人的喜怒哀樂：

「近來的年輕上班族當中，有誰不是動不動就哭呢？」

比起用上一百個煞有其事、裝模作樣的詞，這種直接坦率的說法更能撼動人心，這都是多虧了生計詞彙。

Tips

在挑選能夠攻略人心的生計詞彙時，最快的方法就是走進人們心裡直接觀察。而如果想走進人們心裡，就必須要觀察在實際狀況下，人們最常使用那些詞彙。我總會設定自己的目標受眾，並到目標受眾常用的社群網站或知識網站，看看人們最常把哪些詞彙掛在嘴邊。

瞬間抓住視線的奇特詞彙串聯

「閃電特價」「讓屁股享受和平」

我路過一間生活用品店，這幾個詞突然闖進我的視線。「閃電特價」是服飾批發店掛出的眾多特價口號中，最能吸引目光的詞。而「讓屁股享受和平」則是號稱長時間開車，屁股也不會出問題的小型車廣告。將這些平凡的詞彙用不平凡的方式串聯，就能讓大腦立刻辨識並吸引人們的注意力。

一般人不會特意閱讀文字而停下腳步，他們不會為了閱讀文字而忍耐無趣，他們的眼睛與耳朵固定在手中的手機上，一邊用手指滑著新聞摘要，一邊用眼睛挑選搶眼的詞彙來閱讀，所以很容易略過我們所寫的文字。如果想吸引這樣的對象閱讀我們寫的文字，就必須先吸引他們的視線。必須讓他們疑惑地想「這是什麼？」並回過頭多看幾眼。我們必須讓文字像初次見面的人那樣陌生。

脫離常理，戰勝常理

「牛頓錯了」
「我們很冷」
「拜託別買夾克」

「牛頓說所有事物都受地心引力影響，但這胸罩能撐起胸部，所以牛頓錯了。」這是機能胸罩始祖 Wonderbra 的荒唐主張。

第二句文案則是未來資產證券的口號，意思是「即使整個世界熱到沸騰，我們仍要為了你而冷靜思考」。而第三句文案來自巴塔哥尼亞這個服飾品牌。他們不是請求消費者「來買我們的衣服」，而是「別來買我們的衣服」。因為他們認為為了環境著想，衣服能夠修補就修補，不需要買新的。

一直以來許多品牌都以「對」取代「錯」、以「溫暖」取代「寒冷」來廣告，有些商品主打的行銷策略是「不要穿太久，再買新的吧」。不過這種常見的手法，實在無法吸引人們0.3秒的注意力，所以巴塔哥尼亞才會決定反其道而行，大膽使用禁忌詞彙。

要藉著顛覆常識吸引關注，還可以同時使用意義完全相反的兩個詞彙組合，例如：

「聰明的笨總統」

「燦爛的悲傷」

「寂靜的聲音」

笨蛋不可能聰明，悲傷更不可能燦爛，而沉默也不會發出聲音。即使如此，這些衝突的詞彙組合在一起，依然能夠吸引目光、引起大腦與心的注意，強調「更聰明」「更燦爛」「更大聲」的訊息。

Tips

在煩惱該下什麼標題時，不如先試著用顛覆常識的詞彙吧。如果想呼喚某人，那就反過來叫他別過來；如果想要求別人去做什麼，那就叫對方別去做；想要強調好，就刻意說不怎麼樣。

但必須記住一點：用這種方式下標題後，必須在本文中詳細說明為何叫對方別來、別做、為何說這個東西不怎麼樣，這樣才能夠緊緊抓住讀者的心。

讓人主動掏錢的詞彙排列魔法

「紅酒便宜出售。」

看到這句話的人，第一個想法通常不會是「很好，買起來！」而是「為什麼？」甚至可能會想：「該不會是紅酒原本就很廉價，現在用更低的價格出售吧？」會有這種反應，是因為「廉價紅酒」的形象已經先支配了我們的大腦。

那麼，讓我們試著在後面加上一句用以說明的「原因所在」，來改變整句話給人的感覺。無論在「原因所在」這個詞後面加上什麼理由，對方接受的機率都能提高30％以上。

「倉庫搬遷（＝原因所在），紅酒跳樓大拍賣。」

這次因為先說了「倉庫搬遷」這個理由，紅酒便宜出售就變得很有說服力。先把重要的事情說出來，比較容易讓人接受後面那句話的邀請。心理學家表示，這是因為人們總是會把注意力放在第一個接觸到的資訊上。

讓人打開錢包的詞彙排列法

那麼價格跟物品之中，究竟該先說哪一個呢？只要想想價格跟物品之中哪一個比較重要，答案便呼之欲出。

「兩百元買一袋五個的當季水果。」
「當季水果五個一袋兩百元。」

兩者相較之下，第二句會比較有吸引力。

在寫跟產品或服務有關的介紹文字或合作提案時，如果要突顯過去所創造的成績，那先提起過去所達到的「成就」，會比先提「時間」更為有效。

「敝司創業後，在短短十年間便成為業界第三名。」

「敝司躍升業界第三，是短短十年間創造的成果。」

兩者相較，第二句會更具說服力。

「我們補習班可以在兩年內教授二十五個科目。」

「二十五個科目我們補習班可以在兩年內教完。」

改寫成後者會更具說服力。

Tips

除了本書介紹的詞彙使用技巧，還有很多其他技巧，而要把這些技巧都學起來並不容易，所以請先從已知的技巧開始慢慢熟悉吧。

你也可以單獨使用更換詞彙順序，讓訊息更具說服力的方法。只要一一嘗試並累積經驗，就能越來越得心應手。先把想到的詞彙挑出來，再從幾個詞彙中看看哪個最重要，接著再把重要的詞放到前面，並試著調整文章脈絡。用這種方式一句句調整、修改，不知不覺間就能寫出更好閱讀的文章了。

詞彙唯有團結才能生存

我修改許多文章時，常發現大多數文章的內容其實沒有問題，只是使用了過於拗口的表達方式，而這十之八九是詞彙排列造成的問題。其中絕大多數問題，都在於必須緊鄰的詞彙，卻被放在相隔很遠的地方。

「我是喜歡那樣的文章的。」

這句話看起來雖然沒有太大的瑕疵，但如果寫成下面這樣呢？

「我喜歡那樣的文章。」

不覺得改寫之後，整句話的意思變得更明確，也更順口了嗎？這是因為主詞（我）跟動詞（喜歡）之間少了贅詞。

我們必須把詞彙當成珍珠一樣串在一起。用怎樣的順序把詞串在一起，便決定了文章的完成度。只要把合適的詞彙擺在一起，文章就會更簡潔，要傳達的意思也會更明確。

物以類聚的詞彙力量更強大

請試著把主詞和動詞放近一點吧。我們所說的每一句話，基本架構都是「誰做了什麼」，但如果我們把主詞跟動詞放得太遠，反而會讓人難以掌握這個基礎架構，混淆話者究竟想表達什麼。

「校長總把原則主義者的主張當成口頭禪掛在嘴邊。」

↓「那些原則主義者的主張，校長總當口頭禪一樣掛在嘴邊。」

受詞與動詞必須要靠得近一點，像是跟「放礦泉水在冰箱裡」相比，「礦泉水放在冰箱裡」會比較好讀。

「主張無法簡單明瞭表達出來的人，不能稱為原則論者。」

↓「無法簡單明瞭表達主張的人，不能稱為原則論者。」

此外，形容詞與被形容詞的順序也非常重要，否則容易讓人弄不清楚究竟是在形容哪個詞，讀者也會失去閱讀的興趣。「無論別人說什麼我都喜歡寫作」比「我無論別人說什麼都喜歡寫作」更容易讓人理解，也是因為「無論別人怎麼說」跟「我」的順序對理解造成影響。

「作家的想法最能讓人輕易理解的文章。」

↓「最能輕易理解作家想法的文章。」

Tips

寫作這件事學無止盡，只能邊寫邊學。更換詞彙也一樣，我們只能邊寫、邊做、邊學。也因此寫好文章的不二法門，就是「邊寫邊改」。

修改用詞時有件事必須特別注意，就是一定要考慮文章脈絡。如果要把負面詞彙換成正面詞彙，那也必須將與語句更改得相互呼應，否則費盡心思更換的詞不僅沒有效果，甚至會讓語氣變得很怪，還可能會使讀者不願意把文章讀完。

第4章

見我所見，聽我所聞

聽覺詞彙使用法

「成功的業務員都有一個共通點，就是在向顧客介紹產品時，會選擇具有強力推銷功效的用詞。透過這些簡潔有力的詞，讓自己的意圖烙印在顧客心中。」

——保險業務比爾・路易

用五感的生動錯覺搔弄人心

「為何理組人老是強調自己很辛苦。」

某線上討論區出現一篇以此為題的文章，內容是在說理組學生其實不如想像中辛苦嗎？實際點開來閱讀，會發現內容如下：

「其實比大家講的還要累兩到三倍。理組人表達能力不好，所以不太會描述有多辛苦T_T」

無論是不是理組人，不擅長寫作的人都有各自的理由，擅長寫作的理由卻都差不多。我總用「商業秘密」來形容一個人擅長寫作的原因，並以此刺激眾人的好奇心。我將這種技巧命名為「搔弄」。

搔弄（Sizzle）的原意是煎牛排時發出「嘶嘶作響」的聲音，在廣告業界用來指「激起食慾的銷售策略」，近來甚至衍生出「善於搔弄人心（sizzlemanship）」這個詞，用來形容擅長從產品之中，找出特別能吸引顧客的特徵的能力。

生動地傳達感覺

如果說食物要親手做的才美味，那麼文字就是要用對詞彙才對味。用幾個詞生動描述一件事，讓人們能夠聽見、看見、聞到、摸到，這就是搔弄的技巧。

搔弄人心是詞彙使用法中的進階技巧，如今以社群平臺為主的休閒溝通蔚為風潮，瞬間勾起對方的感受、吸引對方專注的能力便非常重要，而搔弄則確實是專為這種溝通方式而生的技巧。

人的注意力跟專注力越來越低下，所以比起人們熟悉的方式，我們更要選擇前所未見的生動、獨特手法來傳達訊息，才能快速勾起人們的反應。

希望大家能夠好好使用這種搔弄技巧，一次命中核心，生動地傳達你的訊息。

Tips

看見啤酒的泡泡從杯子裡溢出來，就會讓人想去；走進餐廳大門，聽見烤牛排的聲音滋滋作響，便令人食指大動。類似這樣的搔弄方法，用在特定商品或服務上，便能立刻刺激消費者做出理想的消費。即使要推銷的不是消耗品，我們也可以使用這種搔弄技巧。如果今天要賣的是汽車，那就刺激人們對社會地位與安全的需求，以勾起購買的反應；如果大學要招攬優秀的新生，那就要刺激學生對未來發展或價值的需求。

讓「大腦」喜歡的詞彙

城南市長李在明的寫作能力，在網路上掀起一陣討論，這也使他的知名度水漲船高。李在明市長說話不拐彎抹角，也不使用「看起來很有一回事」的概念詞或專業用語。可是他的每句話都深植人心，也讓人在不知不覺主動將他的話散播出去。他可以說是播弄的高手，換句話說，他懂得依照大腦喜歡的方式選擇用詞。

大腦竟有偏好的詞彙，這是真的嗎？德國神經語言學家漢斯・格奧爾格・豪澤（Hans-Georg Hausel）博士，主要的研究內容便是「大腦如何處理詞彙」。他說，大腦對詞彙的反應速度排序是「感性的＞行動或行為相關的＞具體的＞抽象的」，詞彙也會依照這個順序對大腦造成一定的效果。所以若想有效傳達訊息，就要選擇「大腦」喜歡的用詞，而不是「我」喜歡的詞彙。

「政治人物是領薪水的公僕。」

李在明市長總是選擇大腦喜歡的詞。上面這句話感性、具體，且有明確的行為導向，不是「政治人物必須為人民擦去眼淚」這種虛有其表的空話。

大腦對詞彙有差別待遇

大腦不喜歡虛有其表、油腔滑調的用詞，人力資源專家也不喜歡。美國一間人力資源資訊公司，曾以兩千兩百位面試主管與人資專家為對象，調查「最討厭在履歷表上看見的內容」。調查結果指出，他們最討厭這些詞：

「最好的、追求成就、從新的觀點思考、創造加乘效果、值得信賴託付、高附加價值、擅長輔助」

因為都是英文詞彙，所以可能跟我們有一點不一樣，不過仔細觀察這些詞，會發現大多都是主觀、語意模糊，且曾在特定時期流行過的用語。你看到這些詞的時候，腦袋會不會瞬間一片空白、停止思考呢？

大腦喜歡簡單明瞭且短而有力的詞。這些短而有力的詞彙，能具體且生動地將訊息傳達給讀者，而這正是播弄的首要原則。

Tips

在行銷公司擔任廣告文案撰寫人的亞當與班隆兄弟，開發了一款名為「海明威」的行動應用程式。曾有一位行銷負責人實際使用這款應用程式修改電子郵件，發現回信速度竟比原來快上兩倍。這款應用程式會引導使用者將文章寫得像海明威那樣簡潔明瞭，讓文章能順利通過應用程式的審核。它會依照以下的標準給予提示：

1. 將長句子改短。
2. 儘量不使用形容詞或副詞。
3. 選擇意思相同但較簡單的詞。
4. 選擇主動取代被動。

讓人食指大動的「味覺詞彙」

慈善活動會場有三個籃子，每個籃子上都掛著一句話，如果你是慈善活動的參與者，你會將錢放進哪個籃子裡？

籃子A：「請捐助救援機構樂施會。」

籃子B：「樂施會將捐款用於提供人們乾淨的水。」

籃子C：「樂施會將捐款用於提供人們瓶裝礦泉水。」

實驗發現，籃子C吸引了最多捐款。韓國捐款文化之所以不興盛的原因之一，就是受捐贈的單位沒有公開捐款的資金流向。不過上述的例子證明，跟籃子A這種單純呼籲「請捐款、請做好事」的口號相比，明確寫出捐款用途的籃子B與C，反而可以吸引更多捐款。而相較於籃子B，籃子C更具體地寫出捐款的用途，因此獲得最多捐款。

這裡其實也運用到了搔弄的技巧，因為比起「乾淨的水」，「瓶裝礦泉水」更為具體且傳達的速度更快。籃子C上貼的那句話，是不是會讓你立刻想到自己的捐款被用來買瓶裝水，提供給那些需要乾淨用水的人的畫面呢？

五感中最強的味覺

在刺激五感的搔弄技巧當中，刺激味覺的詞彙最為常見。

「黑莓機、蘋果麥金塔、香蕉共和國」

上述這些品牌的名字都用到了水果。雖然並不是說使用水果命名，就一定能成為知名品牌，不過知名品牌當中，的確有不少都是使用水果命名。SK Broadband 公司推出一款叫做「玉米」的行動電視應用程式，搭配「內容像玉米粒一樣，嘩啦嘩啦地不停湧出」的介紹詞，同時刺激人們的視覺與味覺，讓人聯想到雙手捧著玉米，用嘴巴大口大口啃的畫面。

美國埃默里大學萊西教授帶領的研究團隊，曾透過實驗證實跟概念性的表達相比，刺激味覺的表達方式，能夠使大腦掌管情緒的部位更加活躍。那麼如果用刺激味覺的詞，改寫一句原本平淡無奇的話，會產生怎樣的結果？

「我們餐廳是正統家庭式餐廳。」

我曾看過有人以這種方式介紹自己的餐廳。「正統」是什麼意思？「家庭式」又是什麼意思？這是每個人都能寫出來的常見文案，同時也無法具體傳達任何意思，可說是失敗的詞彙使用技巧。讓我們試著改改看：

「再次品嚐小時候母親為我準備的晚餐。」

這幾個可以刺激味覺的平凡用詞，是不是讓你回想起小時候的晚餐時光？這樣一來，你會不會想在這樣的地方吃晚餐呢？

Tips

我的品牌概念是「能賺錢的寫作」，但部落格的名字卻叫做「宋淑熹的烤麵包打字機」。這是因為「烤麵包」這個詞，可以同時刺激味覺與嗅覺。

如同「健康美十足的大腿」叫做「蜜大腿」一樣，想要表達「送上玫瑰的香氣」時，可以改寫成「送上甜蜜的玫瑰香氣」，加入刺激嗅覺的詞讓畫面更加具體。

簡單來說，這其實就是一種搔弄。

用「配料型」詞彙刺激大腦感受

美式披薩的配料很華麗，義式披薩則是強調麵皮的味道，配料相對簡單。無論是美式還是義式，披薩主要都是在吃配料的味道。我們吃剉冰時，配料也會影響味道跟吃起來的感覺。如果希望剉冰的照片能在社群上迅速傳播開來，那上相的配料尤其不可或缺。

就像有些配料特別能夠刺激食慾一樣，也有能瞬間令大腦受到刺激的配料型詞彙，那就是具修飾功能的副詞與形容詞。

「自稱畫家」

這個頭銜是文化心理學家金正雲老師為自己取的稱號，既不是畫家也不是準畫家，而是「自稱」畫家。多虧了「自稱」這個配料詞，我們能從中感覺到無論別人認不認同，他都自認為自己就是個畫家，同時也讓人對自稱畫家的金正雲這個人產生無限想像。這一切都是「自稱」這個詞造成的效果。

「紅蘿蔔、四季豆」

如果只是這樣寫，那大家會單純地以為紅蘿蔔就是紅蘿蔔，四季豆就只是四季豆，但只要這樣改一下：

「X光精選紅蘿蔔、高顏值四季豆」

稍微換個不一樣的名字，銷售量就能增加將近99％。這是美國康乃爾大學飲食與品牌研究所，以紐約一帶一千五百多名學生為對象所做的實驗結果。

小說家村上春樹很喜歡加了蔥的烏龍麵，但他加在烏龍麵裡的蔥不是普通的蔥，而是「剛從田裡摘來的蔥」。在蔥前面加一點形容詞當配料，就讓他愛吃的烏龍麵變得格外特別。

配合口味增加配料吧

試著想像融化之後從紅色醬料上緩緩滑落的白色起司，是不是令人食指大動？因此我建議，試著在你好不容易寫出來的詞前後加上配料吧！這樣一來就能像融化的起司一樣，為訊息傳達增添威力。

「重要的禮物」
↓「無敵重要的禮物」

「遙遠的王國」
↓「遠得要命王國」

高神大學醫院趙慶林（音譯）教授是憂鬱症專家，他的患者中有不少剛步入三十歲的年輕人。於是他在憂鬱症前加上「早期」兩個字，這讓他不再只是常見的憂鬱症專家之一，而是韓國唯一的「早期憂鬱症專家」。由此可見，加一個形容詞當作配料，就能收獲極大的價值。

雖然只是多加一個形容詞的技巧，但卻能收獲加乘效果，甚至創造平方效果。

Tips

為了學習配料詞彙的效果，我經常瀏覽電視購物網站。閱讀購物網站上的產品說明，這樣做可以學到不少獨門的配料秘訣。

比如說，為每個顏色加上一點配料，就能凸顯顏色的獨特性。例如時尚設計師 Vera Wang 王薇薇品牌推出的大衣，就將黑色取名為「薇黑色」。透過螢幕銷售的電視購物、網路購物，對每個詞更是錙銖必較，所以我們能透過這些管道，學到包括配料效果在內的眾多詞彙使用法。

琅琅上口就能擄獲人心

「和你在一起的每一天，都美好得耀眼。」

如果戀人向你這麼說，那會有多浪漫呢？不過稍微加油添醋一下，也可以變成這樣子的告白：

「因為天氣好、因為天氣不好、因為天氣剛剛好，所以和你在一起的每一天，都美好得耀眼。」

有發現了嗎？這是風靡全國，創下高收視率的連續劇《鬼怪》中的臺詞。連續劇播放結束之後，整部戲劇的討論度就會消失。為了不讓戲劇在播完後便被遺忘，編劇會費盡苦心用經典臺詞讓人們能一直記得這部戲。也是基於這樣的動機，才會努力寫出能值得長久記住的臺詞。

編劇們都有一些秘訣，創造出口耳相傳、令人留下深刻印象的一句話。就像饒舌歌手會在一句話裡重複同樣的詞一樣，他們稱這叫做押韻。這是能夠讓人留下印象，且在需要時能讓人迅速回想起來的方法。

要強調特定的內容時，這個方法就非常有效。如果是重複一個語尾的音，或是重複一小段話，效果就會更加顯著。簡單且容易記憶，再加上節奏就能讓人留下深刻印象。

「7-11給你好心情。」[2]

藉著重複相同的尾音而讓這句話更琅琅上口。

「九十元的南瓜讓人驚嚇……二十元的黃瓜讓人驚恐。」

連續使用兩個有「驚」的詞，也可以吸引人們的注意。

「首爾人俞弘濬，用愛與驕傲寫下首爾考察。」

這是重複「首爾」這個詞，以強調內容與首爾有關的文案。

「如日中天的PSY、如魚得水的觀眾，在適合玩水的夏天展開水柱攻勢：PSY濕身秀」

這場巡迴表演是在夏天舉辦，夏天搭配「水」這個具清涼感的詞當然非常好，而且還反覆使用「水」來強調訊息。

將幾個類似的句子放在一起疊加韻腳，就能使訊息的影響力如颱風般強大。無論是電子郵件還是部落格，若能將這種技巧用於網路內容的標題，便能讓人立刻點開來看。例如：

「我愛紐約，紐約愛你」

「說書部落格，說成書的部落格」

「花錢的寫作，賺錢的寫作」

Tips

雖然我們能像饒舌歌手一樣，利用讓句子琅琅上口的技巧輕鬆寫出一些有趣的句子，但如果只是單純的重複羅列，反而會被人誤以為在搞笑，進而降低訊息的影響力。更好的方法應該是先利用理論建立說服力，接著才在表達個人意見時使用這個技巧。

② 在韓文中「7-11」與「心情」尾音相同。

加上數字，讓詞彙更俐落

華盛頓大學的理察・葉爾契教授將一百二十六名上班族分成兩組，拿兩句話進行實驗。兩句話分別如下：

「引進這套系統，就能大幅縮減人事費用。」

「引進這套系統，就能縮減5%至45%的人事費用。」

將「大幅」這個詞改為以更具體的數字呈現，就能更進一步提升可信度，讓說服力變得更高。因此需要提升說服力時，經常會用到數字。接下來將介紹使用數字放大訊息傳達力的方法。

數字是一種信賴

數字雖不是詞彙，卻跟詞彙一樣都在句子裡「認真工作」。如果在一句話中加入數字，那句話所描述的狀況就會變得十分具體，也能使訊息更值得信賴。而且現代人最討厭複雜，過多的情報與訊息甚至會使他們無法做決定，若能用數字立刻釐清狀況，人們當然非常歡迎，因為數字能夠傳達具體、準確又值得信賴的價值。

基於相同原因，數字在行銷界也是比任何詞彙都更能創造銷量的好幫手。用數字呈現的訊息不僅傳遞迅速，十分顯眼且能刺激好奇心。

「濕潤的保濕乳霜」

這種文案真的非常普通，畢竟每個人對濕潤的標準都不一樣。

「13小時保濕乳霜」

加入「13小時」這個具體的數字，就更能夠強調濕潤了。

在部落格或是電子郵件等網頁標題中加入數字，就能提升點擊率。曾經有報告指出，在標題使用數字，能讓銷售率增加6.5％。

「同時購買飲水機與空氣清淨機，對家人健康很有幫助。」

「搭配紅筆習作使用智慧紅筆，就能提升學習效果。」

若將上面的兩個句子改成下面這樣：

「70％的飲水機購買者，會同時購買空氣清淨機。」

「訂購紅筆習作的顧客，有90％選擇智慧紅筆。」

加入數字之後，就具有讓讀者產生同儕壓力的效果。

禁止過度貪心

使用數字提升訊息傳達力時，有件事情必須特別注意，那就是動不動提到或拿出數字，反而會使人感到混亂。假使有一種糖果以「一顆300公尺」當宣傳文案，那麼這個文案想表達的意思，應該是吃下一顆糖果，就能獲得奔跑三百公尺的能量。而接下來的問題，就是必須用理論說明糖果如何做到這一點，否則這個為了引起人們的興趣而寫的文案，反而可能失去目標族群的信賴。

使用數字傳遞訊息並說明數字具備的意義時，必須先說明該數字能如何帶給目標族群好處，才能讓受眾迅速接受並做出反應。

「微軟創辦人比爾・蓋茲自一九九四年起捐出了350億美元。」

我曾看過這樣一句話。350億美元是個怎樣的數字？我們這樣的小市民肯定無法立刻想像。為了幫助人們理解平時不太熟悉的龐大數字，還必須同時提供一個標準當作比對。讓我們把這句話改得更容易理解：

「微軟創辦人比爾．蓋茲，自一九九四年起共捐出了350億美元，這個金額是必須每天捐486萬美元、持續捐款二十年才能達成的目標。」

Tips

「五個讓寫作更簡單的詞彙使用技巧」

「5個讓寫作更簡單的詞彙使用技巧」

哪一句話更容易引起關注呢？你會發現，用阿拉伯數字傳達訊息比用國字更有效。請記得，當我們必須在一句話中加入數字時，應該使用阿拉伯數字，而非國字。

傳達「語感」的助詞，「以一擋百」的標點符號

和用聲音傳達的語言不同，會被人看見、留下痕跡的「文字」所具備的「文采」，會為傳達想法帶來很大的幫助。而文采的主角正是助詞與標點符號。如同作家金薰所說，文字是用一個點、一個助詞，來改變其滋味與意義的細膩語言。

「每座被捨棄的島嶼都開滿了花。」

這是小說《刀之歌》的第一句話，作者表示這句話一開始是這樣寫出來的：

「花開滿了每座被捨棄的島嶼。」

幾天之後，他將這句話的順序稍微調整了一下。無論是「開滿了花」還是「花開滿了」，都是描述開在島上的「花」，那麼作家為何要費盡心思修改？

「開滿了花是客觀描述花開這個物理現象，花開滿了則是人觀察到開花這個客觀事實之後，加入個人主觀情緒的描述。事實與客觀、意見與情緒的世界，其實是天壤之別。」

傳達「語感」的助詞

這裡使用的「助詞」，指的是放在詞彙旁邊，用來輔助詞彙、幫助詞彙更充分發揮功能的角色。主詞這種本身有份量的詞性，即使省略也不會對句子的意思造成太大影響，但助詞卻十分細膩，加與不加會大大影響句子的意思。我們可以說，一個助詞能傳達截然不同的語感。

「有好好吃飯嗎？」
「有好好吃飯吧？」
「有好好吃飯啊？」

這幾句話給人的語感完全不同，只要留心觀察助詞，就能夠看出這之間的差異。

「以一擋百」的標點符號

完成《悲慘世界》並交付原稿的維克多・雨果很好奇出版社的反應，於是他發了一通電報，電報裡只有一個符號：

「？」

出版社也以電報回覆：

「！」

翻譯出來是這樣子的：

「我的稿子怎麼樣？」

「很棒，非常棒！」

只要雙方能夠溝通，文章越簡潔越好；如果意思能夠完整傳達，詞彙越短越好。如果對方能清楚接收你想傳達的訊息，那一個詞就夠了。而比起詞彙，一個符號更為簡潔，所以也能做出更令人印象深刻的溝通。眾所皆知，標點符號是幫助文章順暢運作的助手，那微小的存在其實肩負非常重要的責任。

「原來那麼可憐啊？」

這是一本書的書名。這個書名，更正確地說是書名後面的問號，會讓人好奇這本書的內容。如果是「原來那麼可憐啊！」的話，那人們肯定會想「這就是個可憐的故事」，然後直接略過這本書，但問號卻緊緊抓住了人們的目光。這就是標點符號做得到，而詞彙做不到的事。

作家們身為語言的藝術家，不僅會嚴格挑選、使用詞彙，甚至連他們選擇的一個標點符號，都能為文章帶來改變。米蘭・昆德拉曾因為堅持要把一個分號改成句號，而與一間出版社分道揚鑣。馬爾賽・普魯斯特是分號的愛用者，喬治歐威爾則是沒有分號也能如行雲流水般地寫作。

「所有無法碰觸到的事物、所有無法越過的事物、所有無法靠近的事物，以及所有殘酷的缺失，都一併稱之為愛。非得要稱為愛。」

這是金薰的散文《大海的消息》裡的第一句話。其實這段話本身已經很完美了，但作家仍刻意加入逗號增加整句話的韻味。看是一回事，若能夠注意到逗號並配合逗號斷句，那就能感受到截然不同的滋味。

「所有，無法碰觸到的事物；所有，無法越過的事物；所有，無法靠近的事物，以及所有，殘酷的缺失，都一併稱之為愛。非得要稱為愛。」

而運用在標題的標點符號，則能夠發揮更多功能。因為標題必須簡短且強烈，而這就是標點符號的功能。研究指出，在廣告標題裡加入引用符號後，人們記住該標題的比例就增加了28%。

「不是因傲慢，而是因自滿而敗。」
「不是因『傲慢』，而是因『自滿』而敗。」

Tips

若想用助詞讓人們你的用詞留下深刻的印象，究竟該怎麼做才好？只有一個，就一個方法，那就是多閱讀。重點在於必須出聲讀。因為這樣一來，大腦會察覺並記住助詞的使用方式與標點符號的威力。我在修改自己的文章時，也一定會刻意出生讀，因為這樣我就能立刻注意到助詞與標點符號是否用得恰當。

如初戀般難忘的「初戀詞彙」

哎呀，初戀……真不知道為什麼初戀有這麼強大的力量，一次就令人一生難以忘懷。

詞彙也像初戀一樣。當一個人首次創造某個詞彙後，無論日後其他人再怎麼常用那個詞，也無法取代最一開始說出口的人。

行銷策略中十分強調這一類的初戀詞彙，主要都是被創造出來之後，就能深植人心、烙印在顧客腦海中，遲遲不肯離去的詞。

「我們餐廳的飯是用保留了米芽的米煮成。」

一間餐廳在宣傳上使用「米芽」，而後這個文案被另外一個品牌改成這樣：

「用還冒著芽的米煮成粥。」

即使沒有先用「米芽」來宣傳，這句話也表示該品牌使用的是保留了米芽的健康米。

市面上有用蛋白製成的肥皂，但無論和其他肥皂有再大的區別，消費者都認為肥皂就只是肥皂。所以製造商跟經銷商便創造了一個新的詞：

「蛋膜」

將肥皂這個常見的詞無法傳達的意思，用蛋膜這個新的容器盛裝，消費者才開始真的有了反應，蛋膜也成了消費者心中的初戀詞彙。

「尚未被寫下的書」

Moleskin 這個筆記本品牌不用「筆記」來形容自己的產品，而是使用尚未被寫下的

「書」取代。使用「筆記」這個詞，會讓 Moleskin 的產品成為眾多筆記本之一；但說成「書」並用「尚未被寫下的書」這種方式描述，便讓產品成了世上獨一無二的手冊。也多虧了這個初戀詞彙，Moleskin 總是能在書店搶佔一個角落。

企業邀請我辦理寫作內訓時，我不會在提案時形容寫作是溝通的工具，而是會改用「開發思考能力的工具」形容。「寫作是溝通的工具」這個說法司空見慣，但若改口說是開發思考能力的工具，提出邀請的企業也會感到很開心。畢竟一直以來都沒有人把寫作課程的焦點，放在企業最需要的思考能力上。

雖然我形容這些深植人心的詞是「初戀詞彙」，但也不一定要自己從零創造特殊的詞來使用。簡單來說，只要是能在人們心中搶占一席之地的詞彙就可以了。

Tips

我想告訴大家該如何創造屬於自己的初戀詞彙，方法很簡單，就是試著套用「這不是A而是B」的公式。你可以把A想成是一直以來使用的詞，B則是全新的詞，就像「床鋪不是家具，而是一種科學！」這句口號一樣。

轉個彎，決定「噗哧一笑」或「恍然大悟」

不是詞彙也不是數字的「哽」，真的非常偉大。隨著這個哽的位置，「您」可以成為「互不相識的兩人」，也可以成為「混帳傢伙」。這是詞彙使用法中最讓人感到愉快、有趣，也是一般人都能立刻嘗試的方法。這種在名詞上加一個哽的技巧，通常稱為「扭轉」。無論是廣告文案寫手還是為報導下標題的報社編輯，都很愛用這個技巧。

如果想用一個哽扭轉句子的意思，讓訊息更加鮮活，必須要滿足一個條件：那就是讓人「噗哧一笑」還是「恍然大悟」。也就是說，如果你的用詞無法讓讀者產生共鳴，反而會被讀者以為你是在搞笑，實在是得不償失。

顧客寄送禮物到某間開發外送APP的公司。禮物上寫著「盈利紀念！」但卻是個裝了泥土的花盆，這其實蘊含借用「盈利」與「泥土」諧音的巧思。[3]

這個巧思跟禮物的呈現方式，都非常別出心裁。像這樣稍微改一個字，就能創造出不錯的文案。

「不是奢侈，而是價值」

「角度，就是態度」

我們也能利用其他人的文案，修改其中的用詞，輕而易舉傳達我們想要傳達的訊息。

「老兵不死，只是逐漸凋零。」

↓「垃圾不死，只是回收再利用。」

「讓國家像個國家。」

↓「讓歹徒像個歹徒。」

即使是標示單位的用詞，也可以稍微扭轉一下，以為句子增添樂趣與意義。

「每天8小時，連續6天，就能搞定英語會話。」

這是英語會話專家朴炳泰（音譯）介紹給我的一本書的書名。書名是想要表示，依照這本書所提供的方式學習英語會話，就能輕鬆、簡單，最重要的是在短時間內速成的訊息。但「每天8小時，連續6天」，不覺得光聽起來就很膩嗎？所以我把書名改成這樣：

「48小時英語學習法」

我稍微轉個彎換了單位後，概念也完全不一樣了。這巧妙地利用了大腦認為「48小時」比「6天」短的錯覺。

Tips

在《搞笑演唱會》中受歡迎的搞笑藝人觀察力都十分出色，而用詞技巧高超的人觀察力也非常出色。如果想學習扭轉技巧，那就先從觀察自己做起。注意網路新聞的標題、閱讀信件匣裡的信件主旨、關注新聞報導的用詞，並且觀察自己什麼時候會「噗哧」笑出來，或「啊」地恍然大悟。因為人們也會跟你一樣，在那個時間點「噗哧」一笑或「恍然大悟」。

③「盈利（흑자）」與「泥土（흙자）」在韓文中只差了一個子音。

使用熱騰騰剛出爐的詞彙

「話必須來自烤箱，不能來自冰箱。」

這是國際知名廣告文案撰寫人哈爾・斯特賓斯說過的話。意思是說，一句沒有溫度的話無法打動人心。

人人都喜歡樂觀、貼切的表現方式。既然都要表達同樣的意思，那我們最好學會如何選擇能讓人感到貼切、溫柔的詞彙。如果希望感動一個人，讓對方做出理想的反應，就要使用有如剛從烤箱出爐、溫熱酥脆的餅乾一樣的詞彙。

比起「敝店將在晚上八點後打烊」，「敝店營業到晚上八點」會讓人感覺比較溫暖。

比起「請勿停車」，「晚上六點回家，停車請利用這段時間」是不是更好呢？

使用人稱代名詞

撥打電話時，若對方正在通話中，你可能會聽到這樣的訊息：

「電話忙線中，請稍後再撥。」

但這句話這樣說是對的嗎？其實應該是這樣的：

「該用戶正在通話中，請稍後再撥。」

加上「用戶」這個人稱代名詞之後，是不是覺得整句話更親切了呢？

「我們」這個詞，可以讓顧客毫不猶豫地跟你站在同一邊。所以比起說「顧客們都很堅持購買這款產品」，我建議各位可以改口說「我們的顧客都非常堅持購買這款產品」；想要寫「如有任何疑問，請洽客服中心」時，也可以改成「若您有任何疑問，請洽我們的客服中心」。加上「我們」這個詞之後，就能夠讓顧客真的站在「我們」這一邊。

對歧視用語的差別待遇

我們在日僑胞姜尚中老師的書中，可以看到他用「Business Person」代替「Business Man」這個詞。透過這個選擇，我們能夠讀到他挑選用詞時毫無任何歧視、偏見的想法。在不需要特別區分性別的情況下，還刻意使用區分性別的詞，會讓文章有如剛從冰箱拿出來的東西一樣冰冷。

我是女性，在與工作相關的文章當中，曾看過有人以「女教練」來代稱我。工作時我不是女性也不是男性，就只是一個適合從事這份工作的「人」。在這個情況下，應該使用的不是代表女性的稱謂，而是能夠泛指所有人的「教練」才對。

Tips

「您菜做得真好。」

你知道這句話，其實就是剛從冰箱拿出來的冰冷語言嗎？「做得好」是稱讚用詞，而稱讚是上對下的行為，所以對上位者使用「做得好」，是一種失禮的行為。

如果把用詞換成剛從烤箱裡拿出來的溫熱詞彙，就會是這樣：

「看到您做菜的樣子，讓人感到相當幸福。」

改變詞彙順序就能改變第一印象

沒有任何一個產業對用詞的敏感度更勝廣告業，廣告從業人員就是販售詞彙的人。因為無論是什麼訊息，只要善加挑選、組合、排列適合傳遞訊息的詞彙，消費者就會受到刺激並購買。也就是說，只要熟悉使用詞彙、傳達訊息的技巧，你也能成為這樣一個販售詞彙的角色。

句子是由詞彙排列組合而成。這次我們將介紹能將寫作效果放大到極致的技巧，並學習如何以這個技巧排列詞彙。

「喜歡，你」

這是一部電影的名字。請把這句話跟「喜歡你」比較一下，是不是感覺更強烈了呢？這不僅是因為刻意使用標點符號強調「喜歡」這個詞，同時也是因為大腦個性很急，只要一看到重點就會立刻「答應」或「拒絕」。

在商務第一線要求的寫作第一法則就是「從結論講起」。我們在排列詞彙時也要奉行相同的法則，把對方會認為重要的、會喜歡的詞彙放在最前面。

「直到訂單來之前，別隨便用刀。」

↓「別隨便用刀，直到訂單來之前。」

「牆轉個方向就成了橋，可別忘了啊。」

↓「別忘了，牆轉個方向就成了橋。」

還有一句話原本是這樣，改成後者之後，還請大家比較看看：

「打理過菜園的人就知道，晚夏的菜園有多麼煩人。」

「打理過菜園的人，都知道晚夏的菜園有多麼煩人。」

Tips

我經常在線上課程讓大家分享自己寫的文章，再一起閱讀、討論。透過這個活動，我發現人們讀不太下去的文章都有幾個共通點，那就是詞彙之間的連結很弱，讓讀者感到非常無趣。另一個共通點則是大多數的文章訊息都不明確。如果多使用「想要~的話，就~」這個句型，就可以把文章修改得更引人入勝。

「如果想寫出好讀的文章，就應該使用把受詞放在後面的倒裝法。」

如果我們把這句話改成這樣，讀起來會更有趣：

「請使用倒裝法。想寫出好讀的文章，方法就是把受詞放在後面。」

如何？句子是不是變得更簡潔有效了呢？

貴賓放最後，貴重詞彙擺第一

「春天即將來臨，但我卻看不見。」

一九二〇年，在紐約某廣場乞討的盲人寫下了這樣一句話，但卻沒有人丟銅板給他。沒多久有個路人出現，修改了他的這句話：

「我看不見，明明春天就快來了。」

這次人們像約好了一樣，紛紛捐出身上的零錢。明明是同樣的內容，用詞也沒有什麼改變，改變的就只有詞彙的排列組合而已。

一般來說，在一句話當中，前面的內容會比後面的內容更容易被記住，這也是為什麼行人會對第二句話有所反應。

把想要強調的詞放在前面，傳遞訊息的效果就會更好，這句話的意思是說詞彙也有先後之分。通常在聚會當中，越是重要的貴賓就會越晚登場；但在一句話中，越是重要的詞彙就越應該排在越前面。

美國加州大學洛杉磯分校心理學教授哈羅德・凱利教授的研究結果，也證明了這個事實。新學期初始，他將兩位負責授課的講師特色整理起來向學生展示，讓學生選擇想聽哪一位講師的課程。

「講師A：冷靜、勤奮、批判、實用、果斷。」

「講師B：熱情、勤奮、批判、實用、果斷。」

這兩句話幾乎都是相同的詞彙與排列，只有第一個詞不一樣，但選擇講師B的學生卻更多。

只是改變了詞彙順序

「湯姆追著傑利。」

「傑利追著湯姆。」

這兩句話使用的詞一模一樣，但意思卻截然不同。大腦在掌握特定句子的意義時，不僅會依靠字面上的意思，更會循著文章脈絡與順序，解讀成不同的意義。實際上也有研究結果證明了這一點。

美國加州大學洛杉磯分校的心理學教授米瑞拉・達普托利，就透過實驗發現大腦在閱讀特定句子時，是由不同的部位分別負責解讀字面意義與掌握文章脈絡。透過這個實驗，我們知道詞彙的排列對訊息的影響之大，並不亞於詞彙的選擇。

以這個理論為基礎，我們可以學到幾個將訊息傳遞效果最大化的詞彙使用法。如果你希望讀者依照你的想法，決定對一個人的評價或印象，那麼你可以將自己意圖引導的結論放在句子的前面，例如：

「宋老師給了我力量。」

而想要引導人們記住或回想時，將你期待收穫的訊息放在最前面，也比較能得到預期的效果，例如：

「給了我力量的是宋老師。」

為詞彙排序，將重要的詞彙放在前面的排列技巧，是考慮到讀者的意識已經有了多層防禦力，會刻意阻擋訊息進入的環境因素。用老生常談、平淡無奇的方法，再也無法吸引人們的注意力。如果無法吸引注意力，就無法傳遞任何訊息；無法傳遞訊息，自然完全不可能引發理想的反應。

Tips

有句話說：「即使大樹應聲倒地，若無人聽見，便代表什麼都不曾發生。」意思是說，無論訊息有多麼重要，只要沒有人聽見，就什麼也不是。

各位務必記住：除了你的文章之外，讀者面前還有許多文章及其他許多事物，積極地想搶占他們的關注。若想引起讀者0.3秒的興趣，那就需要一點刺激。而其中一個獨特技巧就是詞彙的排序，因為大腦會特別關注與平時不同的特殊事物。

為句子注入活力的「動態動詞」

「跟椪柑相比，桶柑更美味，這是我個人的看法。」

如果看見有人在臉書上寫出這樣一句話，肯定會讓人感覺他好像真的很有自己的見解。但只要仔細想想就會發現，這句話的意思其實有點模糊，這種曖昧感就是這種句子的特色。事實上這句話的主詞不見了，讓整句話的意思變得很不清楚。如果是我就會這樣修改：

「我認為，椪柑比桶柑更美味。」

既然是把自己的想法說出來，為什麼「我」這個主詞不見了，反而改用一個模糊的方式敘述呢？無論書寫者有意無意，把動詞硬是名詞化的行為，都透露著書寫者對自己感到驕傲的意思。但我們要傳達的本質，應該是主張「動詞」的人才對。

「我的本質應該是動詞，比起名詞我更能配合動詞，舉凡告白、悔改、反應、成長、飛躍、變化、播種、奔跑、跳舞、唱歌等都是動詞。但人類卻有一種才能，可以把這些滿是恩寵且充滿生命力的動詞，換成名詞或陳腔濫調的原則。」

這是威廉・保羅・楊的小說《小屋》裡的一段話。這段話極具說服力地告訴我們，為什麼該使用動詞的地方就要使用動詞。

「我是寫作教練。」

這種描述一個狀態的結尾，給人一種消極、被動的感覺。讀者在閱讀這種句子時，會感覺無力且鬆散。讓我們試著換成動詞吧！

「我專門指導寫作，幫助人們增進表達能力。」

誇大的狀態名詞加上靜態動詞，真的讓人感到很無趣。

「運動對健康有益。」

「對健康＋有益」這個搭配非常老套又無趣，不如換成更生動的說法吧？

「運動可以使肌肉與骨骼變得強壯，改善心肺功能。」

請忘記那些變成「名詞」結尾的靜態動詞，改用閱讀時能讓人燃起熱情、充滿活力的動態動詞吧。

Tips

我們能在經常寫作的人身上發現一些錯誤習慣，其中之一就是使用靜態動詞，刻意將動詞名詞化的現象。名詞化是將動詞或形容詞變成名詞的意思，靜態動詞會使句子變得複雜難懂，降低訊息的傳達力。這時只要找到適合訊息的動詞，直接使用該動詞就好。將「壓縮」改成「減少」、將「信賴」改成「相信」，這樣就能讓讀者更快理解。

詞彙也有顏色之分

「陶瓷工學系」

「無機材料工學系」

如果你正就讀高三的子女，問說這兩個學系該選哪一個比較好，你應該會建議他讀無機材料工學系。這是因為即使你不知道「無機材料」是指類似陶瓷的物質，也非常清楚那聽起來比代表磚頭的「陶瓷」好上許多。不過你知道嗎？一九八三年設立的首爾大學無機材料工學系，原名其實就是陶瓷工學系。

「我是寫作教練，畢業於國語文學系。」

「我是寫作教練，畢業於文化內容學系。」

哪個說法比較吸引人呢？我大學時主修國語文學，我就讀的學系如果稱為國語文學系，人們會認為我是從事寫作文字運用與文法的嚴格指導者。

我們可以假設依當前社會的流行，國語文學系這個名稱不利就業，才會更名為文化內容學系。如果我介紹自己是畢業於文化內容學系的寫作教練，那結果會如何呢？或許人們會認為我注重內容更勝文字運用。不過只是修改一個詞彙，就有這麼大的差異。

讓自己的詞彙滲透對方的想法

人們的大腦中存在許多不同的知識與記憶，遇到特定的詞彙，便會想起與該詞彙相關的記憶與知識，並會毫無抵抗地順應知識與記憶的帶領。筆者意圖透過文字傳遞的想法會透過特定的詞彙包裝，並依照該詞彙所承載的想法完整傳達，進而支配著人們的思考。

人腦就像裝在透明水桶裡的水，會因為一個詞被染成藍色或紅色。一旦被染成藍色，直到顏色徹底由大腦排出之前，都不會再變成其他顏色。一個詞彙就是這樣改變大腦、將失敗轉變為成功，或者將成功轉變為失敗。

Tips

如果你心裡選定的詞彙已經屬於別人，就請放棄那個詞彙吧。因為你越用那個詞，就越是會讓他人得利。請創造一個屬於自己的新詞。

我在寫作指導課程上認識了李女士，她說想要寫一本跟職業婦女有關的書，但職業婦女這個關鍵字實在太多人用過，如果原封不動照搬，實在很難越過讀者心中的防火牆，所以我送了她一個新的關鍵字，那就是「超能媽媽」。這位女士兼顧工作與家庭，還要養育一對雙胞胎，真的就是位超越常人的媽媽吧？這個詞將會讓人們直接聯想到她本人。

第5章

一個詞彙就夠了

以一擋百的詞彙使用法

「MBA學生要學的只有一件事，那就是交流意見的技巧，而這就是寫作。」

——波克夏・海瑟威執行長華倫・巴菲特

聽過一次就上鉤的「扳機詞彙」

寫作的目標是溝通交流——前提是，文章不是寫在鎖上的日記本裡，或是隨手塗鴉。寫作可以引發讀者做出理想反應，這在行銷上稱為「行動呼籲」（CTA，Call To Action）。網路上就有不少以CTA為目標的設計。

追根究柢，CTA的「按鈕」其實就是寫作，其中的核心關鍵就是「詞彙」。所以反過來想，只要我們懂得選擇、使用詞彙，就能更輕鬆地讓讀者做出理想反應。我將具備此類功能的詞彙稱為「扳機詞彙」，讓我們一起來了解讓他人依自己所想來行動的特殊詞彙使用法吧。

動詞優於名詞

無論是電子郵件、網路留言還是文字訊息，在網路上只要不「點擊」就沒有機會，就沒有「接下來」。也就是說，如果不會使用吸引人們點擊的扳機詞彙，必無法獲得任何機會。僅僅只是傳遞情報，卻沒能成功讓讀者做出反應的文章，也只是白費力氣。

最適合用來當作扳機詞彙的就是動詞。使用名詞會讓句子缺乏生氣，所以名詞無法扮演扳機的角色。若將名詞換成動詞，讀者就會有更生動的反應。

「這隻狗實際上比看起來更兇狠。」（使用名詞）

「這隻狗把鞋子胡亂撕咬一通。」（使用動詞）

建議優於宣導

比起「勿留惡評」，改用「多留好評」的方式更能吸引人們做出理想反應；比起「別選一號」，具體建議「選擇二號」，會更容易吸引人們做出理想反應。簡而言之，比起單純宣導，提出具體的建議更佳。

「早餐很重要。」

這句話是一個宣導。

「再怎麼忙，都一定要吃頓早餐。」

這句話則是具體提出要求，讓人們做出特定行為的建議。

如果說「詞彙對於寫作很重要」是宣導，那麼「寫作時必須慎重選擇詞彙」就是建議。

僅靠宣導很難產生CTA效果，使用建議型的動詞則更能讓人們做出特定行為。

刺激好奇心的詞彙

「秘密」

「訣竅」

「秘訣」

「密技」

「提示」

這些都是能讓讀者想閱讀內文的經典扳機詞彙。最厲害的扳機詞彙，就是能夠刺激好奇心的詞彙。

時間壓迫型詞彙

「將在今天的節目中送出贈品」

「節目結束後就會恢復原價」

「連假特惠行程即將結束販售」

這些是電視購物常用的扳機詞彙。一看到這些詞，大腦就會轉變成被追趕的模式，開始急著行動。著急就表示時間所剩不多，所以與時間相關的詞彙，可以成為刺激讀者做出理想反應的扳機詞彙。

Tips

社群媒體專家丹．札雷拉分析了二十萬筆推特貼文，結果發現使用動詞的貼文點閱數比使用名詞的貼文更多。根據專家研究，能獲得最高關注度的文章標題是命令型。因為命令型的句子帶有明確與顧客約定、向顧客提議的意思，代表做這樣的行為就會出現特定的結果，所以更容易被接納。

以刺激傳達訊息的「感染力詞彙」

「梁俊赫選手是位在引退賽上也會拚盡全力的人。」

想要積極表達什麼時，我們經常會使用形容詞；但若使用太多形容詞，會產生令人疲憊的副作用。上面這句話裡的形容詞「拚盡全力」籠統且老套，職業棒球選手誰不是拚盡全力？這時我們可以試著把形容詞換成動態動詞，這樣句子就會像裝上電動馬達的自行車一樣，發揮強大的力量。

「梁俊赫選手在引退比賽上，即使九局下打出二壘前的滾地球，仍拚死跑向一壘。」

用「拚死跑向」的動詞代替「拚盡全力」，是不是更生動了呢？只是把形容詞換成動態動詞，卻比直接使用拚盡全力更能傳達原意。

以具體生動的描述取代籠統敘述，就會讓人感覺更積極。比起「瑜伽對健康有益」，改寫成「做瑜伽能動到平時不會用到的肌肉，對促進循環有很大的幫助」，能夠更有效傳達想要傳達的意思。

「九點一分不是九點。」

這是外送服務業者「外送的民族」的公司宗旨。他們不說「不要遲到」「嚴禁遲到」，而是明確提出「就算晚一分鐘也是遲到！」的標準。只要像這樣提出明確標準，就能讓讀者更準確地接收到訊息。

「敝司將以最佳經營方案，為貴司增加新顧客。」

這是很常見的說法吧？這裡如果能再加入實質的資料，讓整件事情更加具體化，就能顯得更加積極。

「過去有三百二十一家企業使用敝司的經營方案增加新顧客，我們也將以此為貴司增加新顧客。」

生活中常用的詞其實就是這麼有意義。只是因為經常使用，容易原有的意義弱化、被汙染，無法好好傳達本意。

「我們都必須創新。」

近來還有比創新這個詞更陳腔濫調、更虛幻的詞嗎？其實不用「創新」，也有其他方法能積極表達個人的意見。三星集團李健熙會長的這一句話，就將創新的訊息烙印在所有員工的腦海中：

「現在我們除了老婆與小孩之外，其他都必須改變。」

Tips

具有扳機效果的詞彙必須非常具體，例如比起讓消費者看購物車圖示，直接寫出「加入購物車」反而更能有效刺激購買。寫電子郵件時比起「祝假期愉快」，不如具體寫出「祝聖誕佳節愉快」才能吸引更高的點擊率。

為句子注入活力的「力量詞彙」

我敢說，如果文章讓人感到無趣、不想閱讀，就是因為使用的詞彙太無趣。世上有許多詞彙，請在不改變意思的前提之下，挑選合適且充滿活力的詞彙吧，這樣一來你寫出來的文章也會變得更有趣。

Health-On 是結合首爾大學醫院醫療服務與電信公司ＩＣＴ通訊技術所推出的健身服務，我們可以用很多方法描述這個事實。

「首爾大學醫院認證的 Health-On」

「與首爾大學醫院合作打造的 Health-On」

「首爾大學教授團隊共同參與的 Health-On」

「與首爾大學醫院合作的 Health-On」

哪一句比較吸引你呢？「認證」這個詞是不是感覺最有力量呢？明明傳達的意思相同，但一個詞就能創造極大的差異，這就是「力量詞彙」的功能。

相同的意義，更有力量的詞彙

眾所皆知，投資專家巴菲特每年都會親手寫信給股東，他曾說過，如果希望人們閱讀自己寫的文章，就必須使用有力量的詞彙。比如說，「心情像要飛起來一樣」比「心情很好」更有力量。

「用和過去一樣的方法很難成功。」

讓我們來試著更改這句話的一個詞。

「用和過去一樣的方法會搞砸成功。」

「搞砸」是不是比「很難」更生動強烈？「請確認使用說明書」讀起來比「請閱讀使用說明書」更有力量；「請依個人想法完成並準時繳交作業」比「希望各位誠實地完成作業」更能明確表達話者的意思。

你寫文章時，是否會對讀者提出要求？你的要求是什麼？請從合適的動詞當中，選擇最有力量的動詞來用吧，這樣讀者就會以行動做出回應。

拒絕被動詞彙

被動詞會讓句子失去熱情，不會有人在閱讀一句沒有熱情的句子之後，還按照要求做出相應的行動。

「我們公司的事業策略分析報告，由A顧問公司負責撰寫。」

是不是覺得這句話有點無力呢？這就是被動詞奪走熱情的經典範例。讓我們換成主動一點的寫法：

「我們公司的事業策略分析報告，由A顧問公司負責製作。」

有些詞本身就十分生動，像是「搶先看」跟「預覽」、「錯過的節目」跟「播完的節目」、「找來聽」跟「重新聽」，是不是覺得放在前面的詞更有力量呢？「好轉」給人的感覺十分平靜，若能換成「增加、強化、極大化、使成長」，傳達給聽者的力量將會是原來的兩倍。

要果斷、要提出要求

「懇請捐款。」

美國聯合勸募過去以此做為募款口號，近來為了提升低迷的募款成果，他們便試著修改口號：

「即使只是一美分也能帶來幫助。」

聽了這句話，你是否能輕易勾勒出一個人誠懇地說著「即使是一美分也好，請捐款吧」的樣子呢？這個例子告訴我們，如果一句話最後的要求不夠明確，就很難吸引對方做出相應的行動，所以請更果斷、更具體地提出要求吧。

Tips

你說很難想出哪些詞具有力量嗎？那就多用字典吧。使用入口網站提供的詞彙字典，或拿紙本字典出來翻，都能夠幫你輕鬆找到合適的詞。例如查找「用力」，字典就會親切地列出「朝氣蓬勃、強而有力、雄壯有力」等相似詞，你可以從中選擇「最有力量的詞」。

文案高手愛用的詞彙

文案寫手寫出的文章，是世界上最貴的文章。因為他們向廣告主收取高昂的價格，並為其撰寫能賺錢的文案。他們神通廣大，知道該使用什麼詞才能促使消費者打開錢包。他們很有默契，將確保文章能賺錢的詞彙使用法流傳了下來。

這裡將介紹他們私藏的方法。只要將這些文案寫手私藏的詞彙用法放進文章標題裡，就能發揮爆炸性的影響力。試著把這些詞用在電子郵件的主旨、臉書動態，或是通訊軟體的狀態訊息上吧。使用某些能帶來幫助的詞，就能吸引高於平均以上的點閱數。以下是有廣告教父之稱的大衛・奧格威推薦的標題用詞：

~的方法／現在／告訴你／介紹／在這裡／還有／剛抵達／改善／驚人的／轟動的／值得矚目的／革命性的／重要的反轉／最後的機會／驚人的奇蹟／魔法般的／規勸／簡單快速／挑戰／建議／不用花錢／免費／折扣／快點

以下則是說服專家凱文．霍根強力推薦可以吸引顧客、刺激購買的詞：

獲認證的／刺激／值得做／體驗／進步／新發現／優惠／專家／驚人的／挑戰／發現／不尋常的／快的／有魅力的／選擇／卓越的／自由的／免費／終於／簡單的／更容易／新鮮的／注意／安樂的／有效的／安定的／有趣的／值得信賴的／比較／能量／保證／領悟／完全／例外的／治癒／便宜的物品／方便的／令人激動的／幫助／因為…／傳遞／獨家／正直／～的方法／現在／刺激／快點／提議／安心／傑出／想像／獨創／值得矚目／像樣的／重要的／克服／調查／出色／改善過的／心靈的平靜／結果／必要不可缺的／完美的／使滿足／創新的／感謝／有益的／喜悅／浪漫的／正好／立即／而且／安全／～的真相／親密的／特價／傳統的／介紹／有力的／滿足／受信賴的／無法抗拒的／實用的／節約的／無限制的／愛／折扣／秘密／不凡的／豪華的／有益的／有用的／魔法／約定／掀起旋風般的人氣／有價值的／奇蹟／受認證的／服務／必要的錢／迅速的／簡單完成的／警告／能幫忙賺錢的／撫慰／省錢的／建議／特價／自然的／嶄新的／地位／令人感到舒適／停止

下面是各領域專家經過實驗研究選出的七個詞，無論在任何情況下，這些詞都能立刻擄獲顧客關注：

帶來利益的／保障的／獲證明的／安全的／簡單的／現在／免費

Tips

與其說「請買、請做」，不如訴求其他人買了多少、其他人有怎樣的體驗，反而更有機會達成你的目標。這時使用保證句型、保障句型都能讓人感到安心，進而購買產品。

店長推薦／藝人○○也愛用／店員愛用／你還不知道○○嗎？／銷售突破100,000個／用過必定回購／回購率90%的新產品

讓長文變得不煩人的「導引詞彙」

「一般國民都有四大義務，但公職人員有五大義務。除了國防、勞動、教育、納稅之外，還有說明的義務。」

李洛淵總理以這段話強調「擅長說明的能力」。若仔細觀察擅長說明的人，肯定能找到他們偏好的詞彙。

「第一、第二、第三」

「原因在於」

「簡而言之」

這些詞都是提前為接下來即將說明的內容指出一個方向，我將其稱為「導引詞彙」。

「總結來說」
「我的意思是」
「挑一個重點來講」

看到這些敘述，讀者就能大致了解內容為何。這也讓讀者能一一挑出重點、立即釐清思緒，同時也因為文章很快導引到結論，讓讀者得以更加專注。讓我們試著比較以下兩段文章：

「同時擁有演員的妻子、電視人、韓國小姐、兩個孩子的母親等身分，並不是件容易的事。不過帶著對幸福人生的期待與學習的姿態面對這一切，讓我獲得許多值得感激的機會。我想跟各位分享，我所發現的幸福的條件。」

「同時擁有演員的妻子、電視人、韓國小姐、兩個孩子的母親等身分，並不是件容易的事。不過帶著對幸福人生的期待與學習的姿態面對這一切，讓我獲得許多值得感激的機會。我想跟各位分享，我所發現的四個幸福的條件。」

第一段話的內容，會讓人對話者所說的「幸福條件」產生模糊的期待，第二段話則點名「要分享四個幸福的條件」。加入象徵導引詞彙的「四個」之後，讓聽者腦海中浮現非常明確的藍圖，同時也意識到「接下來要講四個條件」，使讀者邊聽邊期待。

即使當代的文章訴求短小精悍，但有時仍不得不寫出一篇長文。需要寫長文時，若能適當使用導引詞彙，就能讓讀者在不知不覺間把文章讀完。

「但是、可是、即使如此、此外」

這一類的連接詞也屬於導引詞彙的一種。在一段話結束之前，使用「最後、在結束之前、可以確定的是、前面所提到」等導引詞彙，就能吸引聽眾在最後再度專注。

Tips

將連接詞當成導引詞彙使用時，接續的內容必須與該詞彙相互呼應。諸如開頭提到要說三種方法，實際上卻只說兩種或說了四種；再不然就是提到將進入結論，卻又先回到序論再重複一次才說等等，都是內容沒有與連接詞相互呼應的情況，這會讓讀者感到混亂。

說明的詞彙，說服的詞彙

「放下包袱的話，就能找到人生的方向。」

「放下包袱，尋找人生方向吧。」

這兩句話幾乎使用同樣的詞組成，哪一句話比較吸引你呢？上面那句話是勸誘句，下面那句話則是命令句。在這個情況下，人們會更偏好讓人擁有選擇權的句子。

寫文章時，偶爾會煩惱究竟該僅止於說明就好，還是必須更進一步去說服對方。如果想一下子就達到寫作的目的，選擇說服或許比較好，不過實驗發現事實並非如此。例如入住飯店時，我們可以在房間裡看見希望房客重複使用毛巾的卡片。重複使用毛巾是對環保有益的行為，但也有很多人認為不這樣做也沒差。因此有人試著做了實驗。

「為了環保，請重複使用毛巾！」

「為了環保，請重複使用毛巾。本飯店每年有80%的房客響應這個行動。」

兩者相比，使用後面這個句子，參與響應的房客會更多。前者是命令型的句子，後者則只是說明飯店的方針。

「必須要做」VS「大家都在做」

這項實驗花了八十天的時間，利用美國西南部一間連鎖飯店的一百九十間房間，以1,058名房客為實驗對象。實驗團隊將房客隨機分成兩組，觀察命令型與敘述型訊息兩者，哪個能更有效引導房客參與重複使用毛巾的活動。結果顯示，一般的敘述型（44.1%）比命令型（35.1%）更有效。研究團隊為了研究出提高房客參與效果的方法，接著做了下面這個實驗：

「75%的房客都重複使用毛巾。」

「入住本房間的房客，有75%重複使用毛巾。」

實驗結果發現，使用「本房間的房客」（49%）這個敘述時，活動參與率比「不明確的房客」（44%）更高。這也顯示，不著痕跡地提醒人們「大家都這麼做」，會比訴求「必須要做」的建議或命令更有效。

Tips

無論說明或說服，都是用語言吸引對方做出理想行為的舉動，差異在於說明專家的同理能力比說服專家要好很多。擅長說明的人在指引方向時，也能夠以初次到訪的人的立場說明，而不是以熟悉的角度來描述；擅長說服的人則會以自己的標準告訴別人「往這邊走就好」。雖然這是個說服的時代，但說明的技巧卻能夠贏過說服。

多功能的「以一擋百」詞彙

詞彙通常會與其他詞彙搭配以創造並傳達意義，不過有些詞光是存在，就能發揮以一擋百的功效。接下來將介紹這些無論在什麼情況下，都能引發理想反應的奇特詞彙。

「謝謝」

雪莉・桑德柏格是臉書的營運長，也是該公司的第二把交椅。她有一位溫柔的先生和可愛的孩子，可說是過著人人稱羨的生活，更是職業婦女的典範。這樣的她，也曾經在一夜之間經歷人生最悲慘的時刻。突如其來的事故導致她的先生不幸離世，她是如何走過那段悲痛？

「每晚睡前，我都會寫下當天最值得感謝的三個時刻，藉由這種方式可以找回過往的自信。」

不只有桑德柏格會「在日記上寫下感謝的時刻」，這也是許多人使用的療癒技巧。如果記錄感謝時刻的感謝日記是對靈魂的問候，「謝謝」就是鼓動對方的靈魂，讓對方站到自己這方的詞。也就是說，只要說出「謝謝」，就能讓對方對自己更友好。

哈佛大學商學研究所教授法蘭西絲卡·吉諾曾經在某大學，以招募基金的四十一名正職員工為對象進行實驗。她請負責人一一拜訪其中半數員工，並對他們說「謝謝你這麼認真工作，真心感謝你為大學發展付出的努力」，另外半數員工則沒有特別獲得感謝。結果如何呢？收到感謝的基金招募人員，打出的基金招募電話增加了50%，另一組則沒有任何變化。

吉諾教授研究團隊主張：「接獲他人表達感謝，能夠提升人的自我價值，也會促使人們幫助他人。」團隊認為，錯失表達感謝的機會無法賺進任何一毛錢，同時還會失去提升員工士氣的機會。

「謝謝。」

短短一句話竟能發揮這麼大的影響力，實在驚人。在朋友或家人之間，「謝謝」這句話也是能引發理想反應的動機。「謝謝」一個詞可以完成一百件事，是個以一擋百的詞彙，所以千萬不要錯過使用的時機，好好運用，適時揮出安打吧。

「因為」

「本列車上無配置乘務員販售商品。」

「為了舒適的旅行，本列車上無配置乘務員販售商品。」

兩輛高速列車分別播放了上述的廣播。內容同樣提及列車上沒有販售商品，差別在於其中一輛特別說明了理由。各位知道，闡明理由更能夠獲得人們的同意嗎？哈佛大學心理學教授艾倫・蘭格曾做過實驗證實這件事。她向一位正在排隊等待影印的人詢問：

A：「不好意思，能不能先讓我使用影印機呢？因為我有一件急事。」

B：「不好意思，能不能先讓我使用影印機呢？」

兩句話都是在問能不能先使用影印機，其中一句加上了「因為」並闡明理由，另外一句則沒有說明理由。僅只是這樣的差異，A卻有94％的機率獲得同意，B則只有60％的機率能得到同意。根據此實驗結果，蘭格教授主張說出「因為」之後，無論後面的理由是什麼，獲得同意的機率都會提升。

根據心理學家羅伯特・席爾迪尼教授的說法，人們使用包含「因為」的句子來請求協助時，會更容易讓他人轉為提供協助的姿態。即使說出的理由沒有多厲害、有點奇怪或很誇張，但「因為」這個詞會讓理由聽起來變得合理，進而促使人們降低戒心，收回反對的想法。

Tips

除了「謝謝」與「因為」這些以一擋百的詞之外，也有一些詞能讓作者瞬間陷入絕望。例如一個人經過幾天的苦心思量寫出一份企劃、經過多次修改後才寄出一封電子郵件、用不靈光的手指打出一長篇文字訊息，獲得的回應卻只有「所以要怎樣？」的話，真的會讓人喪失動力。但反過來想，我們也能從這個例子得知，寫作時應該積極避免使用什麼樣的詞。

全球最佳行銷專家票選「最暢銷詞彙」

行銷作家布萊恩・莫里斯強調，有一些獲得認可的決定用詞，可以從顧客那裡獲得最好的回應。他推薦網路上最有用的三十個詞如下：

你／因為／免費／價值／保證／容易／發現／現在／全部／不花錢／新的／儲蓄／驗證／安全且有效／強力的／實際結果／秘密／解決方案／快速／方法／菁英／優質／因～而發生的／再更／驚人的／大特價／義務／100％退款保證／巨大的／富

而在《富比世》雜誌工作的賈桂琳・史密斯則明白表示，使用下列詞彙寫文章，就能讓著作更暢銷：

便宜的／最好的／便利的／發現／輕鬆／愉快的／快速／保證免費／更／新的／力量／減少／結果／安全／儲存

活躍於美國的文案寫手理查・拜安則提出有助銷售的前五十個詞。俗話說既然要買，那就要買最好的對吧？所以既然要寫，就用最有助銷售的詞吧。

絕對的／完成／達成／優惠／最佳／噗通噗通／便利的／緊急／值得信賴的／容易的／輕鬆的／確認免費／趣味／保證／保障／健康／認證／作業方法／改善提升／立即／現在／新的／愛／錢／安全／安心／健康／個人／個人化／全員／強大的品質／快速的／神速的／結果／儲存／秘密／衝擊／簡單／解決方案／分階段／強力／最佳／曝光／固有的／解放／無限制／解除限制／連勝／預測／你

美國行銷產業也大力推薦這些強而有力的詞：

和平／和諧／正直的／捐贈／自由／介紹／智慧／親切／靈感／知性的／記憶／優雅／確信／豐富的／健康／力量／能量／生命力／平靜／愛／創意莉／生命／成功／幸福／根本的／目的／達成／持續

Tips

耶魯大學與哈佛大學心理系的影響力非常強大，他們透過許多心理實驗發現人們的心理運作機制，以下是經由實驗證實具備強大影響力的詞。由耶魯大學心理學系發表，最具影響力的活動詞彙如下：

發現／愛／結果／自由的／錢／安全／保證／新的／節約／健康／獲證明的／你／超越／超級／兩倍／效力

哈佛大學選出能對大多數人發揮作用的詞如下：

獲證明的／愛／保證／健康／新的／你／錢／節約／發現／必要的／結果／容易的

詞窮時就借用一下吧

網路企業雅虎公司的首席副執行長布拉德．加林豪斯曾撰寫一份事業改善企劃，並計劃向經營團隊發表。如果希望被眾多文件淹沒的經營團隊對這份改善企劃產生興趣，首先必須讓他們讀到這份企劃；而若想讓他們閱讀，標題就必須有趣。他寫的標題如下：

「花生醬宣言」

他說，這個詞象徵「網路世界的無限可能，總像被塗抹了花生醬一樣，被一層薄薄的醬料所覆蓋，令人無法掌握事業的重點為何」。接著他補充：

「我討厭花生醬，我們都應該討厭花生醬。」

多虧這句話，他的改善企劃被《華爾街日報》以整整一面的篇幅報導出來。這不是花錢買的廣告版面，而是真正的整版新聞，多少可以估算出宣傳效果有多大。

社群商務企業 WemapeBOX 推出擺脫海外直購困境的宣傳策略，並將其命名為：

「E·S·C」

這句話蘊藏希望簡單（Easy）、安全（Safe）、便宜（Cheap）地提供海外直購管道的意思，因為會讓人直覺聯想到電腦鍵盤左上角的 ESC 鍵，便很快在人們的腦海中留下深刻印象。

借用詞彙的技巧

運用讀者腦海中的詞彙來表達自己想傳達的訊息，訊息傳達能力就能提升約一百倍。但如果你無論如何都找不到合適的詞，這時不如試著借用一下。

「iPad薄得可以裝入文件信封袋。」

為了強調iPad比筆記型電腦還薄，史蒂夫・賈伯斯便一邊介紹，一邊實際演示將iPad放進文件信封袋裡。

「用單眼相機不比開車、教養孩子、煮飯等我想做的事困難。」

匯集開車、教養孩子、煮飯等主婦熟悉的詞彙，並強調使用單眼相機跟這些東西一樣簡單。

「許多人因吸菸而死去。」

這句話聽起來很嚴重，但仍有許多人看完後覺得事不關己。因為人們早已司空見慣，而且「許多」這個形容方式也十分模糊。許多究竟是多少呢？下面這句話使用了更具體的詞來表達同樣的意思：

「每年有53萬人因吸菸而死去。」

「許多人」這個詞被具體化成「53萬人」，但卻仍然無法打動人心。

「一年因吸菸而死亡的人數，相當於三架波音747客機一年365天連續墜機，且機上無人生還累加起來的人數。」

借用以安全聞名的波音747客機來形容，似乎就能很快讓人理解因吸菸而死的人究竟有多少，而吸菸又有多麼危險。真是十分驚悚。

Tips

即使是借用人們熟悉的事物，但若那項事物早已被濫用，仍有可能無法獲得理想反應。介紹美食餐廳的電視節目固定班底，經常會用「口感很好」形容自己吃到的食物。是因為不懂這個味道，或是找不到合適的詞表達自己吃到的味道，所以才用「口感」這個詞來代替嗎？「很好入口」也經常出現且遭到濫用。其實這個時候，只要多描述口感有多好、是如何好入口，來代替單純的「口感」與「好入口」就可以了。

與上百句話勢均力敵的一個詞彙

宣傳活動、贈獎活動、網路或輿論、社群媒體提供的內容節目，大多都受到標題左右。問題在善於操控文字的那群人當中，也只有一小群最頂尖的高手，擁有能為內容下一個強力標題，瞬間與其他標題分出勝負的最高級能力。不過我們還是可以試著模仿看看，這裡就介紹幾個下標題的要領。

「首爾行・走慶典」

這是個以雙腳或自行車繞行首爾市區的活動。「行・走」是主辦方創造的詞，融合了「走路」與「自行車」的意思。

擅長寫作、說話的人，都很喜歡創造自己的語言，用以傳達屬於自己的訊息。比起創造全新的詞，他們更會選擇為既有的詞添加新意義，來發揮自己的才能。

我也經常創造新詞。例如我說「想要把文章寫好，就要懂得『清・改・修』」，這裡的「清改修」是指「清除不必要的東西、改正文法、修得更容易理解」。其實這個詞是以另一位作家的「清・縮・改」概念為基礎發想而來。

「美食拼盤」

「小菜一碟」

「黃金羅盤」

這些都是電視節目的名字。在《美食拼盤》這個節目中，介紹了主廚們居家料理的秘訣。由於主角都是主廚，所以也介紹了如拼盤般豐富的居家料理秘訣；《小菜一碟》可以能讓人聯想到清爽的小菜，而以此為名的節目，則是幫助一般人解決生活困擾，讓人感到心情舒暢的內容；《黃金羅盤》則如同「黃金」這個詞所暗示，是幫助人們做資產管理的節目。

這三個電視節目的名稱共通點，在於一聽就懂節目內容，而且也很容易記住。

將多重意義塞入一個詞

「勇者」[4]

這個詞是外送APP「外送的民族」使用者創建的粉絲社團名稱，蘊含有「外送的民族，讚！」這個意思。

現在換你幫自己取個稱號吧。選一個最貼近你意圖的詞，並且將意圖、意義與價值放入那個詞裡。然後向大家宣傳基於這層意義，你以後將要這樣稱呼自己。

Tips

在取有個性的稱號或標題時，有一點絕對不能忘記，那就是關聯性。標題必須能夠輕易代表內容物或意圖。假使一個幫助上班族做資產管理的節目取名叫「烤麵包打字機」，人們其實不容易在大腦裡將名稱與節目內容連結在一起。所以無論你選的詞再好，勉強把無關的內容物塞進去仍然是件很危險的事。關聯性高的標題，才能夠讓人讚嘆「真是會想」。

④ 原文「배짱이」是形容很有膽識的人，同時也是「外送的民族，讚」的縮寫，在這裡象徵「認為外送的民族這個APP很讚的一群人」的意思。

第6章

光是「詞彙」就討人厭

烏龍詞彙使用法

「你說話的方式如果讓我不滿意，那無論你說什麼我都不會聽。」

——Collaborate Marketing 顧問公司總監詹姆斯・謝爾托夫

讓人停止閱讀的「煞車詞彙」

「第四次工業革命來臨，我們公務員應該用創新且具創造力的姿態推動課題。」

假設一位地方政府首長寫下這段訊息，話中明明沒有特別困難或陌生的用詞，但卻會讓讀者腦袋一片空白，思考完全停止。

所謂的課題具體來說究竟是什麼？怎麼做才叫做創新？推動是指要提升成果的意思嗎？其中每個詞都要讓人思考一下，無法立刻掌握整句話的意思。

寫作是為了讓對方在閱讀完文章之後，能依照我們的意圖做出適當的反應，最大的重點就在於配合意圖與訊息挑選用詞。不過有些詞彙反而會讓人思考停滯，而思考一旦停滯，就不可能用心接收訊息。我稱這種詞彙為「烏龍詞彙」。

腦海中亮起紅燈時該怎麼辦？

一個詞無論長短，都是由幾個音節組合而成，在這個階段詞本身並沒有生命。有些詞可以讓使用者與接收者產生笑、哭、開心、茫然等反應，只要視情況需要選擇合適用詞，詞彙便能擁有生命。

也因此，只要了解詞彙在什麼情況下會引發什麼反應並加以運用，就能夠視需求讓對方哭、笑，讓詞彙擁有刺激對方做出理想反應的能力。所以詞彙使用法這種技巧，簡直可以說是一種創造奇蹟的能力。

無論是長是短，一篇文章都是將訊息以系統化架構書寫而成的結果。所有的句子都視需求排列，句子中的用詞也是配合意圖排列。經由這種方式寫出來的文章，若能讓讀者讀到最後一個句點，並做出理想反應，文章的任務就算是大功告成。但句子中如果參雜令人思考停滯的詞彙，讀者的腦海中就會亮起紅燈警示。警示燈一旦亮起，不僅會讓人無法好好讀完文章，後面登場的每一個用詞也都會讓讀者陷入思考，進而放棄閱讀。

如果想寫出一篇能讓人讀到最後的文章，就不能使用困難、奇怪、語意不清的表達方式讓讀者思考停滯。我們必須使用讓人一次就能讀懂、一次就能理解、一次就能接受的詞。

Tips

阻擋讀者思考的煞車詞彙中，力量最強的就是「但是」這個連接詞。無論前面寫的內容再怎麼好，最後寫出多精彩的結尾，「但是」都可以讓讀者像被路障擋下的汽車一樣停止閱讀。這時有個很好的替代方案，就是在需要用到「但是」時，改用類似油門的「而且」來取代。這樣一來即使內容相同，讀者也能用不同的方式接受。

「閱讀文章很容易，但是書寫文章很困難，需要練習。」

↓「閱讀文章很容易，而且只要多多練習書寫，寫文章就不難。」

令大腦產生錯覺的「烏龍詞彙」

「經過全面調查後，判定未檢出殺蟲劑成分，故可安心食用。」

這是農林畜產食品部的公告，內容是傳達市面販售的雞蛋沒有殺蟲劑成分，民眾可以安心的訊息，但這樣「雞蛋之亂」就會船過水無痕地消失嗎？

事實上在這份公告之後，人們仍然持續討論「殺蟲劑雞蛋」的事。自從「兩間雞蛋農場檢出芬普尼等殺蟲劑」的消息首度曝光後，對「殺蟲劑雞蛋」的不安與恐懼便在瞬間擴散開來。無論是政府當局、消費者、官員還是輿論媒體，都一再使用「殺蟲劑雞蛋」這個用詞，社會的不安也逐漸擴大。

事實上歐洲也曾經歷過這樣的騷動，兩者之間的差異，就在於歐洲沒有像韓國一樣「亂成一團」。歐洲是這樣說的：

「受殺蟲劑汙染的雞蛋」

民眾問「吃到可能受殺蟲劑汙染的雞蛋會如何？」政府則用「即使吃到可能受殺蟲劑汙染的雞蛋，也～」的方式回答。「受殺蟲劑汙染」的雞蛋、「可能」受殺蟲劑汙染的雞蛋和「殺蟲劑雞蛋」三者截然不同。「殺蟲劑雞蛋」是非常驚悚且不適當的用詞，會讓人聯想到雞蛋混雜了殺蟲劑，或是雞蛋含有殺蟲劑。

在這樣的情況之下，也有一些店家使用這樣的敘述：

「我們的產品所使用的雞蛋，是經食藥處與農林畜產食品部檢驗的安全雞蛋。」

店家相當聰明，整句話中完全沒有用到「殺蟲劑雞蛋」幾個字。如前所述，我們的大腦會急躁地辨識句子裡的詞，不會先判斷訊息正確還是錯誤，而是會先以捕捉到的重點做出判斷。對大腦來說，「殺蟲劑雞蛋」就是個容易瞬間接收的用詞，無論那個詞是放在怎樣的句子裡，都只會令人聯想到「殺蟲劑雞蛋」。

如何與「鐵公雞」大腦對話

大腦是隻吝嗇的鐵公雞。比起多花時間耐心聆聽、判斷，更擅長只抓重點聽。對吝於付出時間的大腦來說，疑問句、否定句等形式的訊息是行不通的，大腦只會立刻接收主要的兩三個用詞。也因此如果不想要大腦做些不必要的事，最好就不要使用會惹出麻煩的詞彙。不要使用具備負面意義的關鍵字，或帶負面情緒的語氣才是上上策。

例如，日本主張獨島是日本領土，但我們不能說「獨島不是日本的土地」。想平息與東海相關的爭端時，也不能使用「東海不是日本海」這種論述方式。因為這種說法，會讓懶惰的大腦只抓幾個重點，認定「獨島＝日本的土地」「東海＝日本海」。我們不該給大腦犯錯的空間，既然不是就乾脆別說。如果硬要說，就應該明確用肯定句敘述：

「蔚藍東海上的獨島。」

「始終如一的大海，東海。」

請記住：如果刻意去否定某樣東西，大腦就會想起「被否定的東西」，並且受到那樣的觀念束縛。

「沒有腥味的九龍浦，由清爽海風風乾的名品秋刀魚乾。」

客人一看到這句話，首先捕捉到的就是「腥味」，接著大腦就會自動留下「有腥味的秋刀魚乾片」這個印象。吃秋刀魚乾的過程中，「腥味」也會一直在腦海中盤旋，很難覺得秋刀魚乾片好吃。「我們的河豚料理不含毒素，請安心享用」的敘述也一樣，在品嚐的過程中，心裡會一直掛念著「毒素」這個詞，很可能導致顧客無法吃到最後。我將這些對大腦帶來負面作用的詞，稱為「烏龍詞彙」。

如果飛行員在機內廣播中提到「請各位乘客不要擔心，希望各位在座位上坐好，並繫妥安全帶」，大家會怎麼想？會比較不擔心嗎？「擔心」這個烏龍詞彙的感染力，可是比其他詞彙要強大許多，所以請各位務必避免使用這些烏龍詞彙。

Tips

避免用到烏龍詞彙的秘訣，就是閱讀自己寫好的文章，並且仔細檢視、修改每一個用詞。從含有負面意義的詞開始一一檢視、刪除、替換、修正。如果我們將上述機長機內廣播的烏龍詞彙拿掉，就可以將整句話改成這樣：

「希望各位乘客在座位上坐好，並繫妥安全帶。」

拜託別想起大象

雖然現在被美國人捧為「第一」，但營養點心RXBAR在剛上市時，銷售成績可以說是非常慘淡，一星期只賣掉四百條左右。曾經如此悽慘的RXBAR僅用一年的時間，就以月平均銷售十七萬條的成績揚眉吐氣。他們既沒有更換原料，也沒有降低價格，其中究竟有什麼秘訣？最大功臣其實是包裝上的兩個字。

一開始RXBAR的外包裝上，寫滿了這項產品有多好的宣傳用語。同時他們也注意到，食品本身的營養成分表又長又複雜，還有許多添加物，或許容易使消費者誤會，於是他們在外包裝上寫了「無人工調味料、無麩質、無防腐劑」等宣傳字樣。沒過多久他們發現，這樣寫非常容易被誤認為是「有人工調味料、有麩質、有防腐劑」，所以最後他們便決定只寫上兩個字：

「不添加沒有用的東西（NO BS）」

「bs」是「瞎說（bullshit）」的聊天用語。他們將宣傳文案濃縮成這兩個字，取代原本塞滿外包裝的負面用詞，傳達簡潔且強烈的訊息。更進一步將營養成分中的專業用語，改成消費者耳熟能詳的用詞：

「食用本產品相當於吃下3顆蛋白、14顆花生、2顆椰棗。」

用正面態度勇往直前

有些話必須聽到最後才能知道真正的意思，但一般人在對話時，幾乎沒有人會耐心聽到最後。不是因為大家缺乏誠意，而是大腦的特性本就如此。再加上智慧型手機縮短人們專注的時間，所以千萬不要使用「不是」這個詞，只要把想說的話說出來就好。

負面的表達方式是讓大腦無法做出正確認知的烏龍詞彙，要避免犯錯，最好是單刀直入地說出原本想說的話。

把「我們的產品不會先做好放著」這種負面表達，換成「我們的產品都是現點現做」，訊息才比較不會扭曲，也能直接深入讀者的腦海。

比起「不會蒐集個人醫療紀錄」，更建議換成「我們將嚴格保護個人資料」；比起「九月三十日至十月九日連假期間不營業」，更應該寫成「十月十日起正常營業」，這樣大腦就能順利接收訊息。

與孩子對話時，也請儘量避免「功課做完之前都不准玩！」的說法，改用「功課都做完之後就可以玩了」會更好。

斤斤計較的大腦無法立即處理負面的文章脈絡，就像只要說「千萬別想起大象」，反而會更容易想起大象對吧？所以我們該說的不是「不要去做」什麼，而是「必須要去」做什麼。

Tips

「三種治療青春痘的方法」VS「治療青春痘絕對不能做的三件事」

哪一句話能獲得更多人的青睞呢？經過實驗後發現，選擇「治療青春痘絕對不能做的三件事」的人多出將近29%。雖然廣告標題通常都以正面敘述為主，但進行這項實驗的業者卻建議，可以使用「絕對不能做」這種最高級的否定用法，因為否定的否定，就是強烈的肯定。

絕對禁止的「蠻橫詞彙」

「請提供履歷。」

某位主管寄了這樣一封信給我。職級位居高位的他，親切地進行許多說明並邀我去開課。即使有負責處理該項業務的員工，他還是親自聯繫我，讓我受到這樣的誠意感動。不過感動也僅只於此，因為他竟然對我說「請提供履歷」？

我從來沒有要求對方給我工作，也是對方先跟我聯絡並邀請我去開課，但他竟然反過來要求我「提供履歷」，實在令我無言。幸好（？）我的時間無法配合，最後無法去上這堂課；但即使行程無法配合，我也想避免與這樣的公司合作。對方既然親自寫信過來，肯定不會不知道我是誰。有單位邀請我去開課時，通常只是請我提供講師介紹或個人資料；會提到履歷之類的東西，表示行政流程很官僚。而官僚、壓迫這一類的詞，都被我歸類於「蠻橫詞彙」。

據說文在寅總統進入青瓦台辦公之後所做的第一個決定，就是將秘書館更名為「與民館」。秘書館在過去名為「為民館」，具備「為了國民」的意思。但「為了國民」有種在上位者賜恩給下位者的意思，是典型的「蠻橫詞彙」。相反地，與國民同在的「與民館」則沒有上下之分，傳達平等之意。

據說以善於修詞、擅長演講而聞名的英國前首相邱吉爾非常討厭「蠻橫詞彙」。他在第二次世界大戰期間，將守衛各地區的志願軍稱為「故鄉看守團」。戰爭時配給糧食的地點原本稱為「公共供餐中心」，但因為這個名字會讓人聯想到共產主義與救濟院，所以便更名為「英國餐廳」。

首爾城北區的一個社區在簽署家戶暖氣施工合約時，將合約上的「甲方、乙方」更改為「定作人、承攬人」。社區居民表示，只是換了個合約用詞，就改變了彼此之間的關係，進而使雙方的生命發生質變。[5]

用詞就是人格

即使並非刻意，但若用詞讓對方感到壓迫，就是「蠻橫」。例如現在要寫一篇讓顧客繼續購買自家商品或服務的文章，你為這篇文章下了一個這樣的標題：

「與花心客人結婚的方法」

用這種方式凸顯文章很有趣，或許能夠輕鬆吸引顧客的注意力，但卻意外地讓人很有壓迫感、覺得撰寫者很蠻橫，進而讓讀者感到不快。會讓讀者覺得「跟顧客結婚？這挑戰也太大了吧？應該很難吧？」並且轉身離開。我們可以試著修改一下：

「將花心客人變成情人的方法」

這樣不覺得很有趣嗎？會不會讓人覺得「那我也來試試看」呢？

在商業上，也有許多人會在對話中使用出自「蠻橫心態」的「蠻橫用詞」。例如A想要蓋一棟新房子，便找住宅開發業者商討相關事宜，他拿出自己理想的房子照片，業者卻立即說：

「這位客人，這種地方要怎麼住啊？不要蓋在這麼不方便的地點啦。」

客人肯定會想：奇怪，我住了這麼久、已經有感情的地點，竟然一下子就被人說很不方便。聽完這名業者的話，客人肯定會覺得自己被對方看扁，非常不愉快。那如果換一種方式表達呢？

「這位客人，現在是時候買在更方便的地方，住得更舒適一點了。畢竟您也是辛苦了這麼長一段時間。」

Tips

雖然我形容這些令人不快的詞彙是「蠻橫」詞彙，但其實會被我們稱為「蠻橫」的行為，大多都是源自踐踏人權與欺負他人的心態。如果這些行為再搭配「蠻橫」用詞，那麼蠻橫的行為就很容易被扭曲、忽視、隱匿。其實只要用心思考一下語言的框架效果，就能夠明白這個道理。這也是為什麼我們應該細心選擇較為良善的詞來使用，因為只要用詞端正，想法與功能也會端正。

⑤ 在韓國社會中，「甲乙關係」具有負面意涵，甲方指有權勢的一方，乙方則指弱勢的一方。為避免有高低之分，便出現了簽署合約時拒用「甲方、乙方」的情形。

強力推薦的「善良詞彙」

「您年輕時一定是位大美人。」

若有人這樣跟我說，那聽起來真的很令人不愉快。美麗與年齡無關，年輕時是美人，難道代表現在上了年紀的我不美麗嗎？所以我不會購買抗皺產品，我也支持某知名女性雜誌總編說的「年紀增長這件事不是我們消除的對象」。她也主張未來應該要用簡單明瞭的「漂亮」，取代「比實際年齡更美」這種形容方式。

臉書的員工都是「駭客」，臉書執行長祖克伯使用了「駭客之道（Hacker Way）」一詞，來形容臉書存在的意義。過去提到駭客，人們首先會想到「Hacking」是「不好的行為」。不過臉書卻獎勵這種「不好的行為」，將其塑造成為一個很出色的想法，而臉書的「按讚」功能就是這種壞行為的結果。他們究竟為什麼會使用這種詞？讓我們來聽聽祖克伯的說明：

「Hacking 是什麼？就是能夠迅速創造或掌握可能發展的領域在什麼方向的事情。駭客之道是使某些事物持續提升，充滿毅力地窮追不捨以完成工作的思考方式。」

「Hacking」這個詞原本指得是「建立高難度的程式，或在該作業過程中感覺到的純粹樂趣」，但不知從何時起被用於「非法攻擊電腦或網路的行為」。

了解真相之後，就可以知道為什麼教科書裡不會出現 Hacking 或是駭客之類的詞彙了，主要是因為無法準確表達這些詞的意思。韓國法律將駭客形容為「入侵情報通訊網的人」「散布惡意軟體的人」，在日本法律中則被認為是「非法連線者」，這些定義都是源自這個脈絡。

毫無偏見，毫不扭曲

用詞能讓每個人產生獨有的聯想，所以若使用不得宜，該詞彙的意義就會遭到扭曲、招致誤會。熟悉且了解詞彙影響力的人，會努力避免造成這種情況的用詞，這稱為「政治正確的用詞」。

在這裡，「政治正確的用詞」指得是不會被主觀影響的客觀用詞。使用不具備特定偏見或是刻板印象，而是價值中立的詞彙，就是政治正確的用詞。我稱這些詞彙為「善良詞彙」。擁有能力去挑選意義與意圖相符、甚至還很善良的詞彙來使用，是能夠精巧駕馭詞彙的知識分子必備的能力。

企業的終極目標是賺錢，其中有不少企業不願意使用能為他們賺錢卻有爭議的詞，而是選擇以善良詞彙取代會因偏見、先入為主的觀念、刻板印象而引發紛爭的用詞，並以此獲得消費者的共鳴。

英國連鎖百貨公司約翰路易斯便選擇不在兒童服飾賣場中，使用「女童、男童」等用詞，而是為所有服飾掛上「男童與女童」或「女童與男童」的標籤，並撤下那些有明確男女性別區分的品牌。百貨公司說明，這是為了「克服對兒童服飾的刻板印象，提供孩子與父母更廣泛的選擇權」。

現今的公共領域也致力使用這些善良詞彙。文在寅政府的第一代勞動部長金榮珠曾說：「我們將稱勞工為勞動者」。那麼勞工節也將改稱為勞動節囉？勞工與勞動者究竟有什麼差異，必須要這樣正式改稱？這其實是兩個用詞象徵的語感問題。勞動者是指「提供勞動力，以獲取勞動代價的人」，勞工則有「勤奮做事的苦力」之感。勞動者暗示著勞動者與雇主維持平等關係，而勞工則給人一種弱勢感覺。

此外，日本遺傳學會也曾決定不使用優、劣等詞。因為這很容易形成偏見。他們決定以顯性（明顯的性質）與隱性（隱藏的性質）來取代優劣。

Tips

如同選民會投票給價值觀與哲學和自己相符的候選人，消費者也會選擇購買立意良善、做出良善行為的企業所提供的產品與服務，這種傾向稱為「消費投票」。基於同樣的想法、使用善良詞彙的文章，一定能讓人產生好感，畢竟善良詞彙就是盛裝善良想法的容器。

自我介紹裡最討人厭的「反感詞彙」

「大學畢業為止，我總共交往過二十四任男友。」

文案撰寫人金東昱說在他曾經在面試員工時，被這一份自我介紹的第一句話吸引。試問，有誰看完這句話之後，能夠不感到好奇呢？自我介紹開頭的這一句話，最後為這位應徵者開啟了就業大門。

我建議各位，既然要表達的意思都一樣，應該儘量選擇能刺激讀者好奇心的用詞。無論是就業、考試、跳槽還是贏得創業機會，對申請者來說雖是「唯一一次的挑戰」，但對審查者來說卻是上百、上千、上萬份申請書當中的一份。這時若能放入讓審查人員眼睛一亮的詞，就能一口氣跨過那道關卡。

那麼究竟有哪些詞既特別，又能夠吸引人的目光呢？

LinkedIN（領英）是商務版的臉書，透過這個空間，求職者可以獲得就業機會，徵才企業也能擁有求才機會。LinkedIN 曾分析在自家網站上的一億八千七百萬份自我介紹，並發表其中最被濫用、最沒有價值，也是人們最不該使用的詞彙，這些詞彙也可以稱為「反感詞彙」。

有創造力的／有組織的／有效的／有動力的／廣泛的經驗／實績／創新的／有責任感的／具分析能力的／擁有解決問題的能力

這些用詞都很模糊、不夠明確。其中「有創造力的」這個詞，更是年年稱霸反感詞票選的第一名。嘴巴上說自己有創造力，但實際上是怎麼有創造力、是否真能相信這樣的創造力，如果沒有足夠的內容可當作依據，只會讓人覺得想把這個詞痛打一頓。所以想要用這個詞的時候，請找找有沒有能夠取代，又能表達自己具創造力的其他用詞吧。

電子郵件垃圾桶喜歡的詞彙

各位必須多加注意讓電子郵件直接進垃圾桶的反感詞彙，都是一些第一眼會覺得像廣告的用詞。

不得了／無法置信／最佳／最好／驚人的／秘訣／收益保證／絕佳的機會／熱烈地／盛讚／爆發性的／限定販售／即將完售

此外，也有一些詞比直接被趕進垃圾桶的反感詞彙還要沒用，都是些會讓人根本連信都不想收的詞。例如在電子郵件主旨上直接寫「免費」，就有很高的機率會被當成垃圾信件。「一折優惠超特價、獲益、賺錢吧、百萬、上億、緊急」等用詞，都會被垃圾信件篩選掉。特殊符號（？、！、％）也都因為有廣告嫌疑，所以會被拒絕收信。

Tips

「我承認是我的錯，如果有人因為我受到傷害，還請原諒我。」

一位小有名氣的人士在記者會最後道了歉。乍看之下會覺得這句道歉很完美，但其實對接受道歉的人來說，這裡面有個會讓人更生氣的用詞，那就是「如果有」。原本的意思是說如果受到傷害，那這個人就道歉，聽在別人耳裡卻像「你可以不必難過，但如果感到難過的話……」道歉反而變成火上加油。道歉時應該把這個詞換掉才對。

「向因我而受到傷害的人致上最深的歉意。」

過度親切會趕跑上門的客人

「您所尋找的商品已經斷貨了。」
「那項產品目前還可以購買。」

這些是服務業界常聽到的話術，卻有很多人對這些話很過敏。這種基於尊重顧客才開始使用的話術，反而讓顧客感到很不愉快。顧客也不能說「這種話讓人很不舒服，請不要用」，所以為了避免讓顧客不開心，最好的方法就是一開始就避免這種令人不快的狀況。

有些服務業從業人員會更進一步用「○○日的預約可能有困難」這種說法。預約有困難是什麼意思？是那天可以預約的意思嗎？還是沒辦法預約的意思呢？一旦染上了語言癌，說出來的話十之八九都語意不通。

溝通專家建議，溝通時應該使用能讓對方感覺比較溫柔、具有靠枕作用的詞彙，這些用詞稱為「抱枕詞彙」。

「很遺憾，目前該商品已經完售，要購買會有困難。」

這是一句在拒絕或否定的狀況當中，試圖用「抱枕詞彙」讓對方比較容易接受的話。不過服務業一直以來都過度使用這些詞，容易導致溝通不順。溝通上需要的用詞，都是在與溝通有直接關聯時才有意義。所以需要溝通時，說出口的話越簡單越好。我們可以把上面那句話改成這樣：

「該商品目前缺貨中。」

如果認為為安撫人心而使用的服務用語，或添加用來產生緩衝作用的抱枕詞彙可能會妨礙溝通，那只要抓重點說就好。畢竟對現代的消費者來說，比起禮貌上的親切語言，他們更希望可以快速解決問題。

「話」要用「心」

大量暴露在資訊中的現代消費者，就連購物都採自助式。擅長「自己一個人看著辦」的消費者，會非常喜歡上面掛有「不需要跟我搭話」這句話的購物籃。因為拿著這個籃子，就可以不用跟必須想盡辦法多賣點商品的員工說話。而且網路時代的消費者，大多是自己搜尋資訊再決定是否購物，所以他們在購物時很習慣自己找東西。

這種懂的很多且能獨立完成很多事的顧客，在與店家對話時，會對每一個用詞、語氣非常敏感。語言能讓人買下自己沒有興趣的物品，也能基於相同的原因，讓人因字裡行間的語調、用詞而產生反感，進而取消購買。

打壞與顧客關係的用詞習慣就叫做「語言癌」，請檢視一下過去發送給顧客的文字簡訊、電子郵件或留言板的文章吧，你會意外發現語言癌已經傳染到許多地方了。

Tips

透過遍地開花的網路與顧客溝通這件事，超越實體店面所能想像的方便且輕鬆，而且幾乎不需要花錢。也因為這麼方便，所以一旦感染語言癌而使顧客反感，很快就會造成致命性的結果。雙方的溝通會瞬間有如現場轉播一樣一傳十、十傳百，「這個人、這間店、這項產品不怎樣，別買」的抵制運動會無聲無息地傳開。你以為把文章刪掉就沒事了嗎？可惜的是，網路沒有刪除鍵。語言癌會對溝通造成問題，同時也會成為溝通不良的證據，徹底預防才是上上策。

討厭的東西光是「詞彙」就討人厭

跟「接受過手術的人，五年後的死亡率是10％」，「接受手術的人，五年後的存活率是90％」這個說法能讓更多人同意手術。即使是相同資訊，卻會隨著用詞而在人們腦海中勾勒出截然不同的畫面。

比起「如果不更換能源轉換率高的產品，每月會損失一千元」，「使用能源轉換效率高的產品，每月可節省一千元」更能夠提高產品的汰換率。

「90％無脂」跟「脂肪含量10％」雖然是一樣的意思，但一般消費者會更喜歡「脂肪含量10％」。

人人都喜歡存活率、利益等詞，不喜歡死亡率、損失等詞。即使不是利益直接受損，只是簡單的一句話，仍然會讓人們感到不愉快。

想聽的話，想避免的話

美國羅耀拉大學艾德溫・格羅斯研究團隊，曾經做過一項讓芝加哥市民看原子筆與鉛筆，詢問他們「你有多喜歡這項產品」的實驗。其中有36.1%的人回答喜歡；而讓市民看相同產品，並問他們「有多討厭這項產品」時，回答喜歡的比例便降至15.6%。

你可能會認為這種小事不需要在意，但接觸到你的言語、你的文字的多數人，卻可能因為這點細微的表達方式而受傷或心動。使用對方喜歡的、想聽的詞，就等同於不戰而勝。

Tips

好好認識每個詞彙非常重要，一知半解是不夠的。我們需要注意每個詞彙所帶來的影響力，比起「事實」，人們更會被「用詞」影響。因為人心會受到語言支配。

第7章

你也能成為詞彙高手

輕鬆實踐的用詞習慣

「真是奇怪，作曲家會學習和聲與音樂型態的理論，而畫家若不了解色彩與設計便無法畫畫，建築更要求基本的學歷。但一個人寫作時卻不需要學任何東西，相信只要懂得寫字就能夠成為作家。」

——俄國詩人，伊凡・屠格涅夫

培養對詞彙的感受力

在大企業執行的職務適性測驗當中，總是會出現語言、邏輯、語彙力的考試。例如：

「他用語言纏繞住女人的腰（花言巧語）」，這句話中的「纏繞」與下列何者同意？[6]

本問題的答案就在以下的選項當中：

1. 無法對主管舞弊坐視不管。
2. 先生汗濕了領子。
3. 一位用繃帶包住頭的男性正向這裡走來。
4. 他將錄音帶倒帶，從頭開始再聽一次。
5. 把對方的腳綁起來，讓他漂亮地摔倒。

之所以用這種相當於大學入學考的方式評估應徵者的語彙能力，是因為「溝通」是商業活動的核心。所有商業活動自始至終都需要溝通，所以能迅速傳達重點的能力至關重要，而這項能力關乎語彙力。所謂的語彙力，是了解、運用與駕馭的能力。

先檢視自己的用詞習慣

寫作是「操控詞彙」的技術。想要操控詞彙，首先必須一一了解詞彙的用途。必須對每一個詞十分敏感，才可能學會這項技術。從尋找詞彙、蒐集詞彙到活用詞彙，進而掌握生活中接觸的詞彙是如何運用，才能夠寫出一篇好文章。

簡而言之，我們要提升自己對用詞的感受與眼光，培養對用詞的感受度是第一要務。分析自己平時寫作與說話的習慣，就能夠檢驗自己對用詞的感覺與眼光。主要使用那些詞、選擇用詞時採用怎樣的標準、是否挑選精準表達意思的用詞、使用時是否理解詞彙的影響力等等，仔細檢視再建立完善的對策。一邊思考「這句話最適合這個詞嗎？有沒有更合適的說法？」一邊提升自己對用詞的敏感度。

Tips

我推薦各位多讀詩，以提升對用詞的感受度。詩這種文體，是用最少的詞表達最多的訊息，所以經常讀詩並能背誦、引用，就能將對用詞的感受度打磨得更加敏銳。透過詩，我們可以在短時間內學會輕鬆駕馭感性、創意詞彙的方法。

1. 準備一篇從報紙、雜誌上剪下的報導與一支麥克筆。
2. 報導中若有滿意的用詞，就用筆在該詞彙的四個角做記號。
3. 閱讀一次在四角標記的詞之後，試著在每個詞之間放入新的詞把上下文連起來，或是把特定的詞拿掉。

透過這樣的嘗試，就能在不知不覺間創造出很棒的句子。這個方法叫做「塗黑詩（Blackout Poem）」，是美國學生經常使用的技巧。

⑥ 在韓文當中，「纏繞」與「閉上」「汗濕了領子」「包住」、「倒帶」「綁起來」都是使用同一個動詞。

「抄寫」的力量

知名文案撰寫人朴雄憲（音譯）認為自己最好的資產，就是整理新聞中看到的句子、報紙上刊載的詩、看板名稱等文字內容的筆記本。那是一本「抄寫筆記」，紀錄、整理了打動他的文字。

日本文案撰寫人中村直文也坦承，文案撰寫人的作業主要就是「抄寫」。

「把好話或好文章抄寫下來是我的作業。抄寫並非只是複製。我成為文案撰寫人後，只要有機會，就會將小說、隨筆、詩、歌詞、新聞報導、任何人曾經在某個地方說過的話抄寫在筆記本上。尤其是滿意的句子，會重複閱讀好幾次、背誦、回想，試著只用記憶重新寫出那句話。（中略）那樣的抄寫作業，能讓人吟賞語言的樂趣。」

將整本字典或單字背下來，並沒有辦法培養對用詞的感受力。必須多多體驗每個詞是如何運用在句子中，而多閱讀就是唯一的方法，不過多閱讀這個方法雖然簡單，卻也隱藏著很大的問題。那就是閱讀時必須用心感受每個句子裡的用詞，才能培養對詞彙的感受力。

像在掃描一樣一目十行，並不能稱為閱讀，也因此我推薦「抄寫」。所謂的抄寫，是將寫好的文章一句一句轉寫的意思，用這個方式邊寫邊讀。用手或鍵盤抄寫並搭配閱讀，就會更專注在句子與內容本身。

報紙專欄非常適合抄寫。報紙專欄是只用最精簡、最必要的文字，來傳達特定意思與訊息的文章，所以文字的密度比其他文章更高。專欄文章會簡單明瞭地表達重點，更加有條理地使讀者接受。所以抄寫報紙專欄能接觸到意義含量高的文字敘述方式，也會經常接觸到詞彙在這些描述中如何作用，自然能大幅提升對詞彙的感受力。

Tips

如果說音樂是將音符畫在五線譜上、美術是用顏料填滿帆布，那麼在寫作中，詞彙就是音符、是顏料，用來填滿紙張或螢幕。如同音樂家對聲音十分執著、藝術家對顏色十分執著一樣，書寫者也必須執著於詞彙。

如何執著於詞彙呢？我建議多多接觸字典。紙本字典除了查找的詞之外，也兼具可發現相鄰詞彙的樂趣；而入口網站提供的網路字典，則具備能用智慧型手機隨時查找的便利性。當沒有靈感、詞窮、無法找到合適用詞表達想法時，字典就像綠洲一樣抱著「答案」等待我們。這時就翻開字典的任何一頁，讀讀詞彙的意思，看看同義詞與反義詞吧。一定會有某個詞主動跟你搭話，這樣一來，無論什麼句子都能信手捻來。

如何鍛鍊詞彙肌肉

「謝謝您給我錢。」

我給了親戚中一位還在唸大學的晚輩一點零用錢，他回傳這樣一封文字簡訊向我道謝。零用錢雖然也是「錢」，但這語氣感覺就是不太對。「錢」這個詞可以用現金、現鈔、金錢、資產、資金、銅錢等許多不同的詞代替。雖是相同的意思，但隨著選擇用詞的不同，其意義與訊息也會變得更明確或是更模糊。

詞彙是盛裝想法的容器。準備許多不同造型、顏色、大小與材質的容器，也能夠汲取出許多不同的想法。各位相信這種靈活駕馭詞彙的能力，也就是所謂的語彙力，將會決定一個人一輩子的收入嗎？

波特蘭州立大學的史蒂芬・雷特教授曾以美國成人為對象，調查語言的熟練度對經濟成功的影響。結果顯示擁有最佳寫作能力的人，終生所得是寫作能力最差者的三倍。

語彙力更是升遷的梯子。曾經有研究以就讀MBA課程的一萬名年輕上班族為對象進行語彙力測試，接著再對他們進行五年的追蹤研究，結果顯示語彙成績排名前10%的人，全部成為公司的幹部；語彙成績在25%以下的人，則沒有任何人成為幹部。

想要把文章寫好，就必須懂得熟練地使用詞彙。將詞彙一個個放入自己的想法中，然後再一一更改成更為合適的詞，就是詞彙的使用法，也是寫作的核心。語彙力貧弱的人，在挑選表達想法的詞彙時便會面臨困難，選擇修改時的用詞更是難上加難。語彙力太弱，甚至會無法分辨自己使用的詞是否恰當。

這種「詞彙肌肉」虛弱的現象，是源自於平時無法多元使用詞彙，無論什麼情況都只用熟悉的幾個詞來表達的習慣。好事就用「超讚」；驚訝或壞事則用「傻眼」；不滿意或不愉快則動不動就用「T_T」結尾，這些習慣不僅無法幫我們培養熟練的詞彙建構能力，更遑論寫好文章。無論是什麼味道，一律使用「口感很好」或「非常滑順」形容，只會使虛弱的詞彙肌肉變得更加無力。

Tips

遇到做不做什麼都有點尷尬的零碎時間，我通常會用智慧型手機研讀詞彙。NAVER提供的詞彙測驗項目就像遊戲一樣，可以激起我的好勝心。問「下列和說不同意思的詞是哪一個？」的「同義詞」測驗、問「狼吞虎嚥跟郎吞虎燕何者正確？」的「容易混淆的用詞」，以及適合各個情況的成語、猜謎等，題型非常多變。因為是猜謎式的答題方式，所以每次一猜錯都會讓人覺可惜，還會讓人想一直挑戰到猜對為止。

抄寫後練習改寫

「只是換了個口氣」

「不心動就丟掉吧」

「擁有你自己的書」

這些是暢銷書的書名。厚達兩、三百頁的書，竟能用一句話就讓讀者買單。擅長操控文字的人，能用長則四個詞，短則一個詞的文案，傳達動搖消費者內心的訊息，進而促使人們做出選擇。如果我們稍微改變上面這幾個書名裡的一個字或一個詞，那訊息就會變得和原本的模樣截然不同。

「改變口氣，就能改變人生。」

「不珍惜就丟掉吧。」

「讓自己也擁有書吧。」

比起「傳達怎樣的訊息」，更重要的是將該訊息「用怎樣的詞彙表現」，訊息中的每個詞彙都決定了該則訊息能否生存。

「改寫文案」其實就是「抄寫並改寫」的意思。方法是先把好讀的句子挑出來並直接抄下來，再將該句子中的重點用詞換成自己選的詞。練習方法非常簡單，但已經足以好好鍛練虛弱的詞彙肌肉了。

文字改寫

歌手金健模也是一位「品酒師」。他參加了一檔節目，透過旅行品嘗各地區的燒酒，節目也為他加上「品（燒）酒師」這個頭銜。很快地一間外送業者也從善如流，為善於鑑別炸雞的人取名為「品雞師」；SK Innovation 則有「品油師」這個職稱，指得是那些對原油瞭若指掌的人。各位應該已經猜到了，這些都是拿稱呼紅酒專家的「品酒師」稍微修改而成的頭銜。

用詞改寫

有句廣告文案是「椅子改變人生」，如果你喜歡這句話，那可以沿用句型，並將「椅子」和「人生」改成這樣：

「行銷寫作改變銷售業績」

「電話英語改變職業生涯」

「口氣改變人生」

「汽車改變經歷」

Tips

改寫文案時，最好避免重複使用相同的詞，因為重複出現的詞，可能會讓讀者覺得很膩。

「沒有無法離開的理由，只有走不了的理由。」

這是信用卡公司的文案，其中「理由」重複了兩次，讓整句話看起來很無趣，這時若能把理由改成類似的詞，結果會更好。

「沒有無法離開的理由，只有走不了的藉口。」

正確的文法能養活你

我即將為江南區廳的員工上一堂「未來人才養成寫作職務研修課」，於是我調查了江南區廳的主管公務員最討厭的報告類型。調查結果發現，表達模糊不清、語無倫次，也就是「不夠明確的敘述」是大家最討厭的第一名，比例高達33％。

接著是錯字、文法錯誤、用詞闕漏等「錯誤表記」占18％。第一、二名加總起來就高達53％，都是表達與表記的問題。

令人驚訝的是，在職場上寫報告時，文法、錯字等瑣碎的細節其實才是最大的問題，但面試者卻經常犯這種小錯。曾經有單位針對在人力資源公司任職的七百三十三名企業人資窗口進行調查，該調查的公開資料顯示，有一半以上的求職者自我介紹，都是因為文法不合規定而在書面審查階段便遭到淘汰。

另一份資料指出，面試者在資料準備上容易犯的致命錯誤如下：

公司名字寫錯（25.1％）／文法錯誤（11.1％）／面試領域與個人資料寫錯（9.5％）／未附件等附件失誤（7.9％）／項目闕漏（7.4％）／使用非正式用語、行話（5.8％）／錯字太多（5.5％）／違反自我介紹規定份量（5％）／超過截止時間才交件（3.7％）

實在令人難以置信，賭上人生準備就業的求職者，竟然會犯這些瑣碎的小錯誤。觀察知名求職網站所提供的資料，發現有92％的人資回答曾經看文法錯誤的自我介紹。人資也提及，提交這些自我介紹的人，有一半以上雖然能力出色，卻因為文法等文字能力不佳而遭到淘汰。

文法左右你的成功

「恭西恭西，很開心見到泥」

即使我們經常能在社群平臺上，看見人們參雜著撒嬌語氣的說話方式，但這些句子的文法是否正確，其實也是用來評斷一個人教養的標準。無論文章內容再好，文法錯誤就會讓人瞬間失去好感，對吧？這些看起來很瑣碎的文法，其實是阻礙成功的最大絆腳石。

美國經濟雜誌《富比世》曾以學生、教授、企業家等不同年齡、職位、職業的五百人為對象，調查他們認為什麼是成功最大的阻礙。結果顯示，拼字錯誤等瑣碎的文法失誤，是他們認為阻礙成功的習慣第一名。他們表示，文法失誤會給人沒受教育、不在乎小事等粗心大意的感覺。

事實上，如果戀愛對象在沒有注意文法的情況下傳訊息來，也會令人好感度直線下降。在大學入學考、面試時，文法的正確與否也會對是否上榜造成決定性的影響。我們可以總結成：

「文法左右了成功。」

何止是左右成功？文法觀念不夠完善，甚至還會讓你很難獲得貸款。這雖然只是部分業者的措施，但有一些借貸業者在審查貸款資料時，不會透過申請者以及和申請者往來金融機構進行照會，而是會透過申請者在社群平臺上的文章進行評價，如果申請借貸者的文法、標點符號不正確，那就會失去貸款的資格。

只有這樣而已嗎？其實文法正確與否對戀愛也造成很大的影響。有超過90％的人認為，文法錯誤的男性很讓人倒胃口。那麼左右工作、生活與戀愛的文法究竟該如何訓練？文法這麼多，難道必須一一學習才能用嗎？以下將介紹語言學家史蒂芬・克拉申所建議的方法，他提出這樣的主張：

「無條件多閱讀，閱讀就可以了，也會解決文法問題！」

只要多閱讀就可以解決文法問題，多閱讀就能讓眼睛熟悉正確的表記方式，這樣一來看見錯誤的用詞，就可以立即抓出來修改。

Tips

多閱讀的確可以提升文法的正確度。但這不是叫你沒有限制、無條件地閱讀，而是必須用心閱讀。也因此我們應該說「用心閱讀的技巧」，就是正確提升文法能力的技巧。抄寫能夠幫助我們養成用心閱讀的習慣。持續抄寫，會發現大腦像攝影一樣將正確的文法結構輸入腦海，在這樣的狀態下寫出文法荒腔走板的文章，大腦就會感覺很陌生對吧？這時只要再去翻字典確認，就能讓自己不再犯相同的錯誤就好。所以請各位多多抄寫，把好文章一句一句抄寫下來吧。

專屬秘密武器：「小抄」

《大亨小傳》的作者史考特．費茲傑羅將對寫小說有幫助的東西全都蒐集起來，像字典一樣分類存放。他有好幾本筆記，以A開頭的筆記裡有許多奇聞軼事（anecdotes），以C開頭的筆記裡則蒐集了許多對話（conversation）。他也有紀錄「觀察的結果」、「詩句」、「歌詞」等內容的筆記，並將這些用於撰寫小說。

改寫文案的技巧是用來鍛鍊詞彙肌肉，而建立自己的筆記固然是個輕鬆快速且便利的方法，不過如果沒有多多接觸值得改寫的文章、沒有先累積許多能用來置換的詞彙，那這方法也無用武之地。這也是為什麼我們需要「小抄」。

蒐集易讀的詞彙

我們要像造窩的燕子一樣，什麼都叼回來放著。這世界很寬廣，詞彙非常多，每次透過報紙、雜誌等紙本印刷媒體、電視節目、網路等媒介觀看、聆聽時，都要把特別留意到的句子和詞彙筆記下來。

我們去大型書店時，就經常能看到當前最受歡迎的宣傳用語。此外，也建議大家多多留意廣告、介紹影劇作品與表演的廣告和海報。這些地方有很多配合大眾的設計、非常引人入勝的用詞。尤其廣告裡頭的每一句話、每一個字都是花大錢製作的，我們也可以把其中的句子和用詞抄下來改寫。

我也建議各位多看電視購物蒐集詞彙。注意、觀察，並把能促使人們訂購的用詞筆記下來。掛在路上的橫幅、地鐵牆面上的海報等也都不要錯過，注意看板與電子螢幕上的廣告，也會發現有許多能抄寫的內容。

筆記與整理

請定期整理筆記的資料。依照主題、依照類別蒐集分類並做好一目瞭然的標示。可以像費茲傑羅那樣做實體筆記，也可以利用 Evernote 等電子工具，這樣整理起來方便許多。例如我就是將 NAVER 提供的社團，當成我的詞彙倉庫使用。

拿出來使用

實體筆記本雖然方便閱讀、攜帶，但不太方便搜尋。數位工具則因為資料沒有實體，而容易被遺忘。也因為兩種工具的不同特性，所以無法斷言哪一種比較好，但可以確定的是，這些資料必須在有需要時能立刻找來用才行。

測試

既然連小抄都做好了，接著就該多多運用這些詞，盡情發揮你的感性。享受測試的樂趣吧。置換一句話中的重點詞彙，看看哪一句話的反應比較好。尤其電子郵件的主旨或社群平臺文章的標題，都能很快獲得回應，很適合用來測試。不需要想太龐大的計劃，只要拿同一句話放入A與B兩個詞，拿去問問身邊的人哪一句話比較吸引他們，這樣就夠了。

Tips

分享影片資訊的網站Upworthy，以用心經營內容標題而聞名。上面的一篇文章至少會有二十五個標題，他們還會一一詢問訂閱者對每個標題的意見。他們會直接問讀者是這個比較好？還是那個比較好？所以千萬不要吝於做「詞彙測試」。

後記

選詞要用心

「雖有人憧憬不老的彼得潘，但也有人敬重逐漸老去的長者，愛著自然原本的流逝與改變。我會努力以這樣的態度，看待我尚嫌不足的改變。」

曾有一位歌迷，對以「趕牛唱法」而聞名的 SG Wannabe 的金振浩說：「改變了唱法很可惜，很懷念以前充滿力量的聲音」，而他聽完後如此闡述自己的心境。雖然用詞不特別也不困難，但卻能打動讀者的心。閱讀他的文字，便能深刻感受到他的歌聲為何能如此打動人心。因為他放在每一個詞中的心意，都如實地傳達給了讀者。

「有好好吃飯嗎？」

矗立在京畿道河南渼沙江邊小城中，提供早餐服務的商業大樓掛出這樣的廣告橫幅。

不過幾個詞，就能擊中讀者的心，讓讀者哽咽。

「拇指手套」

一位年輕朋友的家人，是不方便將自己的狀況說出口的身障人士。他的肢體殘障，使得微不足道的手套都能成為他的創傷，為了不讓他難過，人們便開始推行將無心之下說出的「隔熱手套」改稱為「拇指手套」的運動。

雖然這個運動很老套，卻仍是出自於真心；雖然不夠細膩，但只要真心就能行得通。只要付出真心誠意，挑選用詞時就不會經歷太多困難。各位的用詞中，是否也加入了真心呢？

宋淑熹

高手詞彙必修課：
70 個贏得話語權，打造文字亮點的強力詞彙使用法

作　　者／宋淑憙
譯　　者／陳品芳
執行編輯／顏妤安
行銷企劃／劉妍伶
封面設計／陳文德
版面構成／呂明蓁
發 行 人／王榮文
出版發行／遠流出版事業股份有限公司
地　　址／臺北市中山北路一段 11 號 13 樓
客服電話／ 02-2571-0297
傳　　真／ 02-2571-0197
郵　　撥／ 0189456-1
著作權顧問／蕭雄淋律師
2022 年 5 月 31 日 初版一刷
定價新台幣 360 元

ISBN ／ 978-957-32-9583-9
遠流博識網／ http://www.ylib.com
E-mail ／ ylib@ylib.com
（如有缺頁或破損，請寄回更換）

■國家圖書館出版品預行編目 (CIP) 資料■

高手詞彙必修課：70 個贏得話語權，打造文字亮點的強力詞彙使用法 / 宋淑憙著 ; 陳品芳譯 . -- 初版 . -- 臺北市 : 遠流出版事業股份有限公司 , 2022.05
面；　公分

譯自 : 마음을 움직이는 단어 사용법

ISBN　978-957-32-9583-9(平裝)

1.CST：語言學　2.CST：詞彙
800　　111006875